静山社ペガサス文庫

ハリー・ポッター裏《うら》話《ばなし》

J.K.ローリング+L.フレイザー 作　松岡佑子 訳

JN158511

With many thanks to
the Harry Potter aficionados of Crailing,
Durham Road and Gifford.
L.F.

Originally published in English by Farshore, an imprint of HaperCollins*Publishers* Ltd, The News Building,1 London Bridge St, London, SE1 9GF under the title:

Telling Tales: An Interview with J.K. Rowling
Original English language edition first published 2000
under the title *Telling Tales: An Interview with J.K. Rowling.*
Published by Mammoth, an imprint of Egmont Children's Book Limited,
239 Kensington High Street, London W8 6SA

Interview questions, design and city setting © 2000 Egmont Children's Books
Interview answers © 2000 J.K. Rowling
J.K. Rowling's Books © 2000 Lindsey Fraser

All rights reserved. No part of this publication may be reproduced, stored in a retrieval system, or transmitted, in any form or by any means, electronic, mechanical, photocopying, recording, or otherwise, without the prior permission of the copyright holders.

Japanese edition first published in 2001
Copyright © Say-zan-sha Publications Ltd, Tokyo
Copyright © Translation Yuko Matsuoka

Translation under license from HarperCollins Published Ltd

The author asserts the moral right to be acknowledged as the author of this work.

This book is published in Japan by arrangement with the author through HarperCollins *Published* Ltd

本作品は2001年７月に小社より刊行され、2009年10月に静山社文庫に収録された同名書をペガサス文庫のために新編集したものです。

ハリー・ポッター裏話《うらばなし》

目次《もくじ》

ハリー・ポッター創作《そうさく》の秘密《ひみつ》

ハリー・ポッターの世界《せかい》

ハリー・ポッター創作《そうさく》の秘密《ひみつ》

聞《き》き手《て》　リンゼイ・フレーザー

本《ほん》書《しょ》関《かん》連《れん》地《ち》図《ず》

J《ジェー》・K《ケー》・ローリングとハリー・ポッター

J《ジェー》・K《ケー》・ローリングは、ハリー・ポッターという名《な》の魔法使《まほうつか》いの少《しょう》年《ねん》を主人公《しゅじんこう》としたシリーズで、数々《かずかず》の文学賞《ぶんがくしょう》を受賞《じゅしょう》し、多《おお》くの記録《きろく》を打《う》ち立《た》てた作家《さっか》。

ハリー・ポッターシリーズは、世界中《せかいじゅう》の読者《どくしゃ》を夢中《むちゅう》にさせ、八〇か国語《こくご》に翻訳《ほんやく》されて五億部《おくぶ》を売《う》り上《あ》げるベストセラーとなり、八本《ほん》の映《えい》画《が》も大《だい》ヒット作《さく》となった。また、副読本《ふくどくほん》として『クィディッチ今昔《いまむかし》』『幻《まぼろし》の動物《どうぶつ》とその生息地《せいそくち》』（ともにコミックリリーフとルーモスに寄《き》付《ふ》）、『吟遊詩人《ぎんゆうしじん》ビードルの物語《ものがたり》』（ルーモスに寄付《きふ》）の三作品《さくひん》をチャリティのための本《ほん》として執筆《しっぴつ》しており、『幻《まぼろし》の動物《どうぶつ》とその生息地《せいそくち》』から派生《はせい》した映画《えいが》の脚本《きゃくほん》も手掛《てが》けている。さらに、舞台《ぶたい》『ハリー・ポッターと呪《のろ》いの子《こ》　第一部《だいいちぶ》・第二部《だいにぶ》』の共同制作《きょうどうせいさく》に携《たずさ》わり、二〇一六年《ねん》の夏《なつ》にロンドンのウエストエンドを皮切《かわき》りに公演《こうえん》がスタートした。

二〇一二年《ねん》に立《た》ち上《あ》げられたウェブサイト「ポッターモア」では、ファンはローリングの新作《しんさく》を読《よ》んだり、魔法《まほう》の世界《せかい》にどっぷり浸《ひた》ったりして楽《たの》しむことができる。

また、大人向《おとなむ》けの小説《しょうせつ》『カジュアル・ベイカンシー　突然《とつぜん》の空席《くうせき》』、ロバート・ガルブレイスのペンネームで書《か》かれた『私立探偵《しりつたんてい》コーモラン・ストライク』シリーズの著者《ちょしゃ》でもある。

児童文学《じどうぶんがく》への貢献《こうけん》によりＯＢＥ（大英帝国勲章《だいえいていこくくんしょう》）を受《う》けたほか、フランスのレジオンドヌール勲章《くんしょう》など多《おお》くの名誉章《めいよしょう》を授与《じゅよ》され、国際《こくさい》アンデルセン賞《しょう》をはじめ数多《かずおお》くの賞《しょう》を受賞《じゅしょう》している。

リンゼイ・フレーザー――聞《き》き手《て》と解説《かいせつ》

リンゼイ・フレーザーは児童書愛読家《じどうしょあいどくか》。スコットランドの中心都市《ちゅうしんとし》、エジンバラの最大手書店《さいおおてしょてん》「ジェームズ・シン書店《しょてん》」[*1]での仕事《しごと》を経《へ》て、英国《えいこく》ケンブリッジの「ヘッファーズ児童書専門店《じどうしょせんもんてん》」の経営者《けいえいしゃ》となり、「スコットランド図書財団《としょざいだん》」[*2]の理事長《りじちょう》も務《つと》めた。この財団《ざいだん》は子《こ》どもの読書《どくしょ》を振興《しんこう》し、児童文学《じどうぶんがく》の地位《ちい》を高《たか》めるための活動《かつどう》で知《し》られる。

＊1　スコットランド地方《ちほう》を中心《ちゅうしん》にチェーン店《てん》を展開《てんかい》している大手書店兼出版社《おおてしょてんけんしゅっぱんしゃ》

＊2　スコットランドを中心《ちゅうしん》に、子《こ》どもたち（大人《おとな》も含《ふく》めて）に良書《りょうしょ》を普及《ふきゅう》する活動《かつどう》を展開《てんかい》している組織《そしき》

少女時代《しょうじょじだい》と家族《かぞく》

●兄弟《きょうだい》はいますか?

私《わたし》は二人《ふたり》姉妹《しまい》の長女《ちょうじょ》です。一番幼《いちばんおさな》いころの記憶《きおく》は、妹《いもうと》が生《う》まれたときのこと……ちょうど二つ下《した》ですね。妹《いもうと》が生《う》まれた日《ひ》、父《ちち》が慌《あわ》ただしく寝室《しんしつ》に出入《でい》りしている間《あいだ》、私《わたし》がおとなしく遊《あそ》んでいるようにと、小麦粘土《こむぎねんど》をくれました。

生《う》まれたばかりの赤《あか》ちゃんを見《み》た記憶《きおく》はまったくないのですが、小《こ》麦粘土《むぎねんど》を食《た》べてしまったことは、はっきり憶《おぼ》えています。

●家族《かぞく》にとって、本《ほん》は大切《たいせつ》なものでしたか？

これも小《ちい》さいときの記憶《きおく》ですが、麻疹《はしか》にかかりました。四歳《さい》くらいだったかしら。父《ちち》が『たのしい川《かわ》べ』[*1]を読《よ》んできかせてくれました。私《わたし》、病気《びょうき》だっていう気《き》がまったくしなくて……ただ横《よこ》になってお話《はなし》を聞《き》いていました。

父《ちち》も母《はは》も読書好《どくしょず》きでした。母《はは》はたいへんな読書家《どくしょか》です。本《ほん》の虫《むし》ですね。背中《せなか》を丸《まる》めて本《ほん》に没頭《ぼっとう》していれば幸《しあわ》せという人《ひと》でした。

私《わたし》はそんな母《はは》に、ずいぶん影響《えいきょう》を受《う》けました。母《はは》の家系《かけい》は教師《きょうし》が多《おお》かったのです。父《ちち》もきっと母《はは》をお手本《てほん》にしていたのでしょう。

＊1 本書《ほんしょ》の九八ページ、ケネス・グレアムを参照《さんしょう》

二人《ふたり》の祖父《そふ》も登場人物《とうじょうじんぶつ》のモデル

●おじいさん、おばあさんのことを聞《き》かせてください

祖父《そふ》は、アーニーとスタンリーという名で、第三巻《だいかん》で『夜の騎士《ナイト》バス』[*2]の運転手《うんてんしゅ》と車掌《しゃしょう》に二人《ふたり》の名前《なまえ》を使《つか》いました。二人《ふたり》ともなかなかおもしろい人《ひと》でした。

アーニーはスーパーを経営《けいえい》していて、家族《かぞく》は店《みせ》の上《うえ》のアパートに住《す》んでいたの。私《わたし》たちが泊《と》まりがけで遊《あそ》びにいくと、祖父《そふ》の店《みせ》が閉《し》まってから妹《いもうと》と二人《ふたり》で「お買《か》い物《もの》ごっこ」をさせてくれました。本物《ほんもの》の缶詰《かんづめ》や袋入《ふくろい》り商品《しょうひん》やお金《かね》で。最後《さいご》に元《もと》のところに戻《もど》しておきさえすればよかったの。

スタンリーは時折《ときおり》、夢《ゆめ》と現実《げんじつ》の区別《くべつ》がつかなくなる人《ひと》でした。夢想《むそう》家《か》で、庭《にわ》の小屋《こや》で何《なに》か作《つく》っていることが多《おお》かったわ。

祖母《そぼ》の一人《ひとり》がキャスリーンという名《な》で、それが私《わたし》のミドルネーム*3になっています。私《わたし》、この祖母《そぼ》が大好《だいす》きで、亡《な》くなったときはとっても悲《かな》しかったことを憶《おぼ》えています。

もう一人《ひとり》の祖母《そぼ》は犬《いぬ》に凝《こ》っていて、人間《にんげん》よりも犬《いぬ》の方《ほう》がずっと好《す》きでした。実《じつ》をいうと、ちょっぴり「マージおばさん」*4的《てき》でした。

＊2 『ハリー・ポッターとアズカバンの囚人《しゅうじん》』でハリーが家出《いえで》したときに拾《ひろ》われた魔《ま》法界《ほうかい》のバス

＊3 J（ジョアン）・K（キャスリーン）・ローリング

＊4 『ハリー・ポッターとアズカバンの囚人《しゅうじん》』に登場《とうじょう》するいじわるな親《しん》せき

●何《なに》かペットは飼《か》っていましたか？

まだとっても幼《おさな》かったとき、サンパーという犬《いぬ》を飼《か》っていました。*5ディズニー映画《えいが》の「バンビ」に出《で》てくるウサギの名前《なまえ》に因《ちな》んでつけたの。安楽死《あんらくし》させなければいけなくなったとき、とても悲《かな》しかったわ。

そのあと、モルモットを二匹《ひき》飼《か》っていたことがありますが、狐《きつね》に食《く》われてしまって。そのときの裏庭《うらにわ》でのむごい光景《こうけい》を憶《おぼ》えています……気持《きも》ちのいいものではなかったわ。

それから、ミスティーという犬《いぬ》も飼《か》いました。私《わたし》が大学《だいがく》に行《い》ってからもしばらく生《い》きていました。

一〇代《だい》のころは熱帯魚《ねったいぎょ》を飼《か》いました。ずいぶん凝《こ》っていたし、今《いま》でも熱帯魚《ねったいぎょ》は大好《だいす》きです。

崖《がけ》の上《うえ》の城《しろ》をながめて

●生《う》まれはどちらですか?

ブリストルの近《ちか》くの、チッピング・ソドベリーです。これが私《わたし》のご自慢《じまん》! きっとその名前《なまえ》のせいで奇妙《きみょう》な名前《なまえ》の場所《ばしょ》に魅《み》せられる運命《うんめい》だったのだわ。

九歳《さい》ごろまではブリストル近辺《きんぺん》に住《す》んでいて、それからタッツヒルという、南《みなみ》ウェールズのチェプストー近郊《きんこう》の小《ちい》さな村《むら》に引《ひ》っ越《こ》しました。崖《がけ》の上《うえ》に城《しろ》がそびえ立《た》っていたわ。なるほどと思《おも》いあたるところ

＊5 日本語字幕《にほんごじまく》では「とんすけ」という名前《なまえ》になっている

があるでしょう?

●どうして田舎《いなか》に引《ひ》っ越《こ》したのですか?

両親《りょうしん》は二人《ふたり》とも都会《とかい》っ子《こ》だったので、たぶん、ひとつの夢《ゆめ》だったのでしょう。

出会《であ》ったのはキングズ・クロスからスコットランドへと北《きた》に向《む》かう汽車《きしゃ》の中《なか》だったの。父《ちち》は海軍《かいぐん》で、母《はは》は海軍婦人部隊員《かいぐんふじんぶたいいん》(Wren)で、二人《ふたり》ともダンディーのすぐ北《きた》にあるアーブロースに着任《ちゃくにん》するための移《い》動《どう》の途中《とちゅう》でした。一目惚《ひとめぼ》れだったそうです。

一九歳《さい》のときに結婚《けっこん》して、二〇歳《さい》のときに私《わたし》が生《う》まれました。二人《ふたり》とも田舎《いなか》のコテージで暮《く》らすのが夢《ゆめ》で、父《ちち》はチェプストーからそう遠《とお》くないロールス・ロイスの工場《こうじょう》まで楽《らく》に通勤《つうきん》することができました。

お墓《はか》は名前《なまえ》のアイデアの宝庫《ほうこ》

●どんなところに住《す》んでいたのか、教《おし》えてください

家《いえ》は教会《きょうかい》のとなりの田舎家《いなかや》で、もともとはその村《むら》の学校《がっこう》だった建物《たてもの》です。友《とも》だちは、教会《きょうかい》のお墓《はか》のとなりに住《す》むなんて気味《きみ》が悪《わる》いと思《おも》っていたけど、私《わたし》たちは気《き》に入《い》っていました。

私《わたし》、今《いま》でもお墓《はか》は好《す》きなの……だって、名前《なまえ》のアイデアの宝庫《ほうこ》でしょう。

ワイ川《がわ》のオッファダイクの近《ちか》くだったのですが、すばらしいところだったわ。堤防《ていぼう》の組《く》み石《いし》の間《あいだ》を探索《たんさく》して回《まわ》るのが大好《だいす》きでした。大《おお》きくなってからはそれもやっぱりつまらなくなってしまいました。

ティーンエイジャーが興味《きょうみ》を持《も》つようなものはあまりありませんでしたし。

●ほかにそのころの思《おも》い出《で》は？

一番幸《いちばんしあわ》せな思《おも》い出《で》のひとつは、ノーフォークへの家族旅行《かぞくりょこう》でした。今《いま》は妹《いもうと》ととても仲《なか》がよいのですが、小《ちい》さいころはまるで犬猿《けんえん》の仲《なか》で、けんかばかり。それがなぜかその旅行《りょこう》のときだけは、信《しん》じられないくらい仲《なか》よくできたのです。

深夜《しんや》まで笑《わら》い転《ころ》げて、お話《はなし》を聞《き》かせたり冗談《じょうだん》を言《い》い合《あ》ったのを今《いま》でも憶《おぼ》えているわ。両親《りょうしん》はきっと驚《おどろ》いたり、ホッとしたりしていたでしょうね。

学校生活《がっこうせいかつ》

スネイプ教授《きょうじゅ》のモデルは数名《すうめい》

●小学校時代《しょうがっこうじだい》はどんな思《おも》い出《で》がありますか？

最初《さいしょ》に通《かよ》った学校《がっこう》はブリストル郊外《こうがい》にあって、ここは大《だい》のお気《き》に入《い》りでした。でも、こんなことがありました。最初《さいしょ》の日《ひ》に、母《はは》がお昼休《ひるやす》みに迎《むか》えに来《き》てくれたとき、学校《がっこう》はこれで全部《ぜんぶ》「おしまい」って、もう二度《ど》と戻《もど》らなくていいと思《おも》ったんです。

タッツヒルの村《むら》の学校《がっこう》の方《ほう》は＊1ディケンズの小説《しょうせつ》に登場《とうじょう》しそうな感《かん》じでした。それまで私《わたし》は開放型学級《かいほうがたがっきゅう》に慣《な》れていたのに、そこはまるで正《せい》反対《はんたい》で、席《せき》も先生《せんせい》の独断《どくだん》で決《き》まる「頭《あたま》のよさ」順《じゅん》になっていて、私《わたし》は一〇分間《ぷんかん》ほど観察《かんさつ》された後《のち》、「頭《あたま》のトロい生徒《せいと》」の列《れつ》に座《すわ》らされました。

私《わたし》の本《ほん》に登場《とうじょう》する＊2スネイプ教授《きょうじゅ》のモデルとなった人物《じんぶつ》は何人《なんにん》かいますが、この先生《せんせい》も確実《かくじつ》にその一人《ひとり》です。学校《がっこう》へ行《い》くのがとても怖《こわ》かったわ。一〇点満点《てんまんてん》の暗算《あんざん》の小《しょう》テストが毎日《まいにち》あったのですが、初日《しょにち》の成《せい》績《せき》は〇・五点《てん》でした。なにしろそれまで分数《ぶんすう》なんて習《なら》ったことはなかったのですから！　たぶんその先生《せんせい》も、徐々《じょじょ》に私《わたし》のことを理解《りかい》してくださるようにはなったと思《おも》いますが、そのために私《わたし》としては相当《そうとう》な努力《どりょく》を重《かさ》ねた記憶《きおく》があります。それに分数《ぶんすう》の勉強《べんきょう》もね。

シェパード先生《せんせい》との出会《であ》い

●中等学校《ちゅうとうがっこう》での生活《せいかつ》は?

一一歳《さい》から一七歳《さい》までの七年間《ねんかん》*3はすごく好《す》きでしたし、とくに英語《えいご》のシェパード先生《せんせい》には大《おお》きな影響《えいきょう》を受《う》けました。厳《きび》しい方《かた》でしたし、辛辣《しんらつ》なことを口《くち》にしたりもしましたが、とても誠実《せいじつ》な方《かた》でした。情熱《じょうねつ》

*1 本書《ほんしょ》九八ページ、チャールズ・ディケンズを参照《さんしょう》

*2 ハリー・ポッターシリーズに登場《とうじょう》する魔法魔術学校《まほうまじゅつがっこう》の先生《せんせい》。ハリーに敵意《てきい》を持《も》つ嫌味《いやみ》な人物《じんぶつ》

*3 中等学校《ちゅうとうがっこう》は、日本《にほん》の中学校《ちゅうがっこう》と高校《こうこう》が一緒《いっしょ》になったような学校《がっこう》

をもって教《おし》えていらしたので、本当《ほんとう》に尊敬《そんけい》していました。

私《わたし》にしてみれば、この先生《せんせい》は、これまでとは違《ちが》うタイプの女性《じょせい》だったのでしょうね。フェミニストで、賢《かしこ》い方《かた》でした。それに徹底《てってい》していい加減《かげん》なことを許《ゆる》さないところがありました。

ある日《ひ》、私《わたし》は先生《せんせい》の授業中《じゅぎょうちゅう》に落書《らくが》きをしていたのです。すると「あなたは大変失礼《たいへんしつれい》なことをしている」と叱《しか》られました。私《わたし》は「でも、ちゃんと聞《き》いているわ」と答《こた》えましたが、「それでもやはり失礼《しつれい》です」と言《い》われました。このことはとても心《こころ》に残《のこ》りました。

決《けっ》して「やめなさい」だけで済《す》ますことのない方《かた》でした。先生《せんせい》のような注意《ちゅうい》の仕方《しかた》の方《ほう》がずっと印象《いんしょう》に残《のこ》ります。ですから英語《えいご》は大好《だいす》きでした。

先生《せんせい》からの手紙《てがみ》

●どんな授業《じゅぎょう》でしたか？

シェパード先生《せんせい》は構文《こうぶん》に大変《たいへん》うるさくて、少《すこ》しでも、いい加減《かげん》な文《ぶん》は許《ゆる》しませんでした。私《わたし》も相当《そうとう》な読書量《どくしょりょう》はこなしていましたが、構文《こうぶん》や文章《ぶんしょう》のリズムを作《つく》るためにはどうすればよいかをきっちりと教《おし》えていただけたのは、本当《ほんとう》によかったと思《おも》います。シェパード先生《せんせい》からはずいぶん多《おお》くのことを学《まな》びましたし、今《いま》でも連絡《れんらく》を取《と》り合《あ》っています。私《わたし》が心底《しんそこ》から信頼《しんらい》したのはこの先生《せんせい》だけでした。シェパード先生《せんせい》は信《しん》頼感《らいかん》を呼《よ》び起《お》こさせるものを持《も》っている方《かた》でした。

『ハリー・ポッターと賢者《けんじゃ》の石《いし》』が出版《しゅっぱん》されたときに、出版社《しゅっぱんしゃ》のブルームズベリーを通《つう》じて先生《せんせい》が手紙《てがみ》をくださいました。私《わたし》にとって先《せん》生《せい》のご意見《いけん》はどんな新聞《しんぶん》の書評《しょひょう》より貴重《きちょう》でした。先生《せんせい》は決《けっ》して心《こころ》にもないことは書《か》かない方《かた》だと知《し》っていましたから。「高潔《こうけつ》」を絵《え》に描《か》いたような先生《せんせい》が、**私《わたし》の本《ほん》を本当《ほんとう》に気《き》に入《い》ってくださった**のですよ。

親友《しんゆう》ショーンとフォード・アングリア車《しゃ》

*4六年生《ねんせい》のときに、人生《じんせい》においてとても重要《じゅうよう》なことが起《お》こりました。ショーン・ハリスという少年《しょうねん》が、お父《とう》さんが軍隊《ぐんたい》にいたため、キプロスの学校《がっこう》から転校《てんこう》してきたのです。

ショーンは私《わたし》の親友《しんゆう》になり、『ハリー・ポッターと秘密《ひみつ》の部屋《へや》』はショーンに*5捧《ささ》げました。

ショーンはトルコ石色《いしいろ》のフォード・アングリア車《しゃ》に乗《の》っていて、この車《くるま》が私《わたし》にとっては自由《じゆう》の象徴《しょうちょう》になりました。田舎《いなか》で暮《く》らしていると、車《くるま》に乗《の》れるかどうかはとても重要《じゅうよう》なことなのです。だからこそ、窮地《きゅうち》に陥《おちい》ったハリーとロンを救《すく》い出《だ》して、ホグワーツまで送《おく》り届《とど》ける車《くるま》がどんな中古車《ちゅうこしゃ》でもよいわけではなかったのです。**絶対《ぜったい》にトルコ石色《いしいろ》のフォード・アングリアでなければならなかった**のがおわかりでしょう。*6

＊4　六年生《ねんせい》は高校《こうこう》二年生《ねんせい》か三年生《ねんせい》にあたる
＊5　『ハリー・ポッターと秘密《ひみつ》の部屋《へや》』にショーンに対《たい》する献辞《けんじ》がある
＊6　『ハリー・ポッターと秘密《ひみつ》の部屋《へや》』の第《だい》三章《しょう》に登場《とうじょう》

現実《げんじつ》と物語《ものがたり》のつながり

ロン・ウィーズリーはショーンの生《い》き写《うつ》しとまではいきませんが、とてもショーンっぽい人物《じんぶつ》です。

物語《ものがたり》の部分部分《ぶぶんぶぶん》がどこから出《で》てきたのか、自分《じぶん》の書《か》いた本《ほん》を読《よ》み直《なお》してみて、はじめて気《き》づくことがよくあります。

あの車《くるま》が昔《むかし》、私《わたし》を退屈《たいくつ》から救《すく》ってくれたように、ハリーもあの車《くるま》に救《すく》われました。あの部分《ぶぶん》は、私《わたし》の現実《げんじつ》の世界《せかい》とはっきり関連《かんれん》づけられる数少《かずすく》ない箇所《かしょ》ですね。

あそこと、それに、ハリーが鏡《かがみ》を覗《のぞ》いたとき、自分《じぶん》の家族《かぞく》がハリーに向《む》かって手《て》を振《ふ》っている場面《ばめん》。あれは母《はは》を亡《な》くしたときの私《わたし》の人生《じんせい》の中《なか》でも最《もっと》も大切《たいせつ》なひとコマです。

●学校《がっこう》の先生《せんせい》はみんな好《す》きでしたか？

いいえ、みんなというわけではありません。一番苦手《いちばんにがて》だった先生《せんせい》は単《たん》にいじわるな暴君《ぼうくん》でした。

私《わたし》が昔教師《むかしきょうし》をやっていたころにも、今《いま》いろいろな学校《がっこう》を訪《たず》ねるときも、かなり多《おお》くの先生《せんせい》と出会《であ》っていますが、暴君《ぼうくん》タイプの先生《せんせい》って本当《ほんとう》に目立《めだ》つんですよ。

教師《きょうし》の立場《たちば》から言《い》えば、ともすると暴君《ぼうくん》になってしまいがちなのはよくわかりますが、それは最悪《さいあく》で一番情《いちばんなさ》けないことです。話《はなし》がまたスネイプ教授《きょうじゅ》に戻《もど》ってしまいましたが。

●苦手《にがて》だった教科《きょうか》は？

金属工作《きんぞくこうさく》が最《もっと》も嫌《きら》いな科目《かもく》でした。私《わたし》はクラスでも一番《いちばん》できが悪《わる》かったのじゃないかしら。とにかくひどかったです。

実務的《じつむてき》なことがまったく苦手《にがて》な人間《にんげん》なのです。物《もの》が壊《こわ》れるまで金槌《かなづち》でガンガン叩《たた》くだけの授業《じゅぎょう》のような気《き》がして、努力《どりょく》はしましたが、どうしてもできませんでした。

母《はは》は私《わたし》の作《つく》った滑稽《こっけい》なぺしゃんこのスプーンをずっと持《も》っていました。役《やく》に立《た》たない、まったくどうしようもないものだったのに。

木工《もっこう》もまったくだめでした。ほとんどボンドだけで出来上《できあ》がっているような写真立《しゃしんた》てを家《いえ》に持《も》って帰《かえ》った記憶《きおく》があります。

スポーツも苦手《にがて》でした。ただ体操《たいそう》だけはなんとなく好《す》きでしたが。とくに嫌《きら》いだったのがホッケー。でも水泳《すいえい》やダンスは好《す》きでした。

それと、**学校《がっこう》の制服《せいふく》にはゾッとしたわ。**茶色《ちゃいろ》と黄色《きいろ》で。この二色《しょく》だけは原則《げんそく》としてもう絶対《ぜったい》に着《き》ません。

●先生方《せんせいがた》はあなたが作家《さっか》になると予想《よそう》していたでしょうか?

シェパード先生《せんせい》は、私《わたし》に作家《さっか》の素質《そしつ》があるとお考《かんが》えになったかもしれませんが、そうなると期待《きたい》なさったとは思《おも》いません。

私《わたし》はもうずっとずっと作家《さっか》になりたいと思《おも》っていましたが、**その燃《も》えるような志《こころざし》を決《けっ》して誰《だれ》にも打《う》ち明《あ》けませんでした。**

六歳《さい》くらいのころにはじめて本《ほん》を書《か》きました。短《みじか》い物語《ものがたり》でしたが、書《か》き終《お》えたとき、「さぁ、出版《しゅっぱん》できるわ」と思《おも》ったことを憶《おぼ》えています。そんな小《ちい》さいころでも、出版《しゅっぱん》するところまでやりとげたかったのです。

むしろ二六歳《さい》になったころの方《ほう》がもっと謙虚《けんきょ》でした。そのころには、私《わたし》には出版《しゅっぱん》のチャンスなんてまったくないと思《おも》っていましたから。

ハーマイオニー的《てき》だった私《わたし》

●あなたはどんな子《こ》どもでしたか？

私《わたし》はとても自信《じしん》のない、おどおどした心配性《しんぱいしょう》の子《こ》でしたが、それを隠《かく》すのに自信《じしん》ありげに振舞《ふるま》っていました。

一一か一二歳《さい》くらいのころは**ちょっぴりハーマイオニー的《てき》だったかもしれません**。いつも優秀《ゆうしゅう》じゃなきゃいけない、一番先《いちばんさき》に手《て》を挙《あ》げなくちゃいけない、いつも正解《せいかい》じゃないといけないって、そう思《おも》っていました。

もしかすると、妹《いもうと》よりずっと器量《きりょう》が悪《わる》いと思《おも》っていたせいかしら？　たぶんどこかで補《おぎな》わないといけないと思《おも》ったのでしょうね。大人《おとな》になるにつれ、少《すこ》しはリラックスできるようになりました。それでよかったのです。それでもまだ心配性《しんぱいしょう》でした。今《いま》でもそうですが……。

よい友《とも》だちに恵《めぐ》まれたのは、本当《ほんとう》に幸運《こううん》だったと思《おも》います。母《はは》が多《た》発性硬化症《はっせいこうかしょう》にかかったときに、私《わたし》は一〇代《だい》でしたが、友《とも》だちはとくに大切《たいせつ》なものでした。家族《かぞく》の誰《だれ》かにこのようなことが起《お》こった経験《けいけん》を持《も》つ人《ひと》ならきっとわかるでしょうが、強烈《きょうれつ》な衝撃《しょうげき》です。それとストレスもあります。

そういうときって、話《はな》し相手《あいて》としても、心《こころ》を打《う》ち明《あ》けられる相手《あいて》としても、友人《ゆうじん》の存在《そんざい》は一段《いちだん》と大切《たいせつ》なものになります。

●今《いま》までどんな本《ほん》を読《よ》んできましたか？

母《はは》が『おもちゃの国《くに》のノディ』*7シリーズをたくさん読《よ》んでくれたのを憶《おぼ》えています。母《はは》はエニッド・ブライトン*8の大《だい》ファンでした。でも私《わたし》は違《ちが》いました。「五人《にん》と一匹《ぴき》」*9シリーズは数冊《すうさつ》読《よ》んだけれど、それ以外《いがい》はあまり読《よ》んでいません。

リチャード・スキャーリー*10の本《ほん》は本当《ほんとう》に大好《だいす》きでした。六歳《さい》のときに書《か》いた最初《さいしょ》のお話《はなし》も、実《じつ》はまったくそのまねだったの。私《わたし》が子《こ》どものころに読《よ》んだ本《ほん》が今《いま》でも少《すこ》し手元《てもと》に残《のこ》っていて、娘《むすめ》もスキャーリーが大好《だいす》きです。

私《わたし》は馬《うま》に夢中《むちゅう》で、八歳《さい》のころにアンナ・シュウエル*11作《さく》『黒馬物語《くろうまものがたり》』の絵本版《えほんばん》を持《も》っていました。読《よ》むたびにおいおい泣《な》きましたね。ルイザ・メイ・オルコット*12の『若草物語《わかくさものがたり》』も八歳《さい》のときに読《よ》みました。それからしばらくは私《わたし》の「若草物語時代《わかくさものがたりじだい》」が続《つづ》きましたね。何《なん》か月間《げっかん》かはジョー・マーチになりきっていました。

ハリーに影響《えいきょう》を与《あた》えた本《ほん》

でも一番《いちばん》好《す》きだったのは、エリザベス・グージ[13]作《さく》の『まぼろしの白《はく》馬《ば》』でした。

＊7、8、10〜13 本書《ほんしょ》九七ページから始《はじ》まる「ローリングの書棚《しょだな》——作家紹介《さっかしょうかい》」を参照《さんしょう》
＊9 五人組《にんぐみ》の子《こ》どもたちがさまざまなミステリー事件《じけん》に取《と》り組《く》んでいくシリーズもので、現在《げんざい》でも大変《たいへん》な人気《にんき》

主人公《しゅじんこう》が決《けっ》して美人《びじん》じゃないことも好《す》きな理由《りゆう》だったでしょうけれど、構成《こうせい》がとてもうまいし、巧妙《こうみょう》に書《か》かれた本《ほん》です。読《よ》めば読《よ》むほど、その巧妙《こうみょう》さが明《あき》らかになります。

そしてほかのどんな本《ほん》よりもこれがハリー・ポッターシリーズに直接的《ちょくせってき》な影響《えいきょう》をおよぼしていると思《おも》います。

グージは必《かなら》ず登場人物《とうじょうじんぶつ》がどんなものを食《た》べているのかを詳《くわ》しく書《か》いていて、私《わたし》はそれが気《き》に入《い》っていたのを憶《おぼ》えています。お気《き》づきでしょうけど、ホグワーツでもみんなが何《なに》を食《た》べているのか、必《かなら》ず書《か》き込《こ》んでありますよ。

大事《だいじ》なのは、どんな本《ほん》も検閲《けんえつ》されたり禁止《きんし》されたりしたことがないということでしょうね。

ただ一度《ど》だけ、テレビ番組《ばんぐみ》『新《しん》・おしゃれマル秘探偵《ひたんてい》』を本《ほん》にしたものをプレゼントにもらったとき、最初《さいしょ》のところがとても残酷《ざんこく》で、私《わたし》は動揺《どうよう》してしまったことがあります。

こんなことは最初《さいしょ》で最後《さいご》でしたが、母《はは》に読《よ》むのをやめなさいと言《い》われて、ホッとしました。

母《はは》にそっくりの本《ほん》の虫《むし》

それ以外《いがい》は何《なん》でも読《よ》みました。まだ一一か一二歳《さい》のときに、ジェーン・オースティン[*14]の『高慢《こうまん》と偏見《へんけん》』を読《よ》み、一四歳《さい》でウィリアム・M《エム》・サッカレー[*15]の『虚栄《きょえい》の市《いち》』を読《よ》みました。

＊14、15 本書《ほんしょ》九七ページから始《はじ》まる「ローリングの書棚《しょだな》――作家紹介《さっかしょうかい》」を参照《さんしょう》

早熟《そうじゅく》に思《おも》えるかもしれませんが、本《ほん》がそこにあったので、読《よ》んでしまったのです。

私《わたし》は母《はは》にそっくりでした。何《なに》もかも読《よ》んでしまうのです。もしも、どこかのトイレを拝借《はいしゃく》することになって、不親切《ふしんせつ》にもトイレに読《よ》み物《もの》が置《お》いていないような場合《ばあい》は、そこにある化粧品類《けしょうひんるい》のラベルまで読《よ》んでしまうでしょうね。

おばがミルズ&ブーン出版社《しゅっぱんしゃ》のリーダーをしていました。リーダーというのは、出版《しゅっぱん》を検討《けんとう》している原稿《げんこう》を読《よ》む人《ひと》のことで、私《わたし》にもそういう原稿《げんこう》を回《まわ》してくれました。だから一冊《さつ》一時間《じかん》くらいで恋愛小説《れんあいしょうせつ》をつぎつぎに読《よ》みきりました。

九歳《さい》のときにはじめてジェームズ・ボンドが登場《とうじょう》する小説《しょうせつ》を読《よ》んだの。イアン・フレミング[*16]作《さく》の『サンダーボール作戦《さくせん》』です。その中《なか》に出《で》てくるブラディ・メアリーにとても興味《きょうみ》を持《も》った記憶《きおく》があります。トマトジュースが入《はい》った飲《の》み物《もの》なんてとても魅力的《みりょくてき》に思《おも》えたのね。今《いま》でもブラディ・メアリーは好《す》きです……。

私《わたし》たちはとてもとても恵《めぐ》まれていたと思《おも》います。たくさんの本《ほん》を買《か》ってもらえましたから。

●詩《し》なども読《よ》みましたか？

告白《こくはく》しますと、詩《し》は私《わたし》の盲点《もうてん》です。

家《いえ》にあった子《こ》ども用《よう》の詩集《ししゅう》などは楽《たの》しく読《よ》んでいましたが、母《はは》もあまり詩《し》を愛《あい》していたとは思《おも》えません……今《いま》でも私《わたし》は詩《し》の本《ほん》にすぐ手《て》を

＊16　本書《ほんしょ》一〇一ページ、イアン・フレミングを参照《さんしょう》

伸《の》ばす方《ほう》ではありません。

●今《いま》はどういう本《ほん》を読《よ》むのが好《す》きですか？

小説《しょうせつ》や伝記《でんき》が大好《だいす》きです。

ケネディ家《け》についてはちょっと執念《しゅうねん》を燃《も》やしていましてね。あのジョン・F《エフ》・ケネディ大統領《だいとうりょう》の一族《ぞく》のことです。[17]

アメリカでのブック・キャンペーン・ツアーをボストン市《し》から始《はじ》めたとき、そこにあるケネディ博物館《はくぶつかん》に寄《よ》り道《みち》してくれるように頼《たの》みました。女性《じょせい》の運転手相手《うんてんしゅあいて》にケネディ家《け》の話《はなし》を私《わたし》が延々《えんえん》としゃべり続《つづ》けたのですが、到着《とうちゃく》する直前《ちょくぜん》に「私《わたし》、テディ・ケネディとデートしたことがあります」って聞《き》かされてね。[18]

その人《ひと》にしゃべるチャンスを与《あた》えていたら、どんなにいろいろな裏《うら》話《ばなし》が聞《き》けたかと思《おも》うと……。

私《わたし》のヒーロー

私《わたし》が一番影響《いちばんえいきょう》を受《う》けている作家《さっか》は、まちがいなくジェシカ・ミットフォードです。[*19]

一四歳《さい》のときに大《おお》おばから『令嬢《れいじょう》ジェシカの反逆《はんぎゃく》』をもらって、

＊17 第《だい》三五代《だい》アメリカ大統領《だいとうりょう》。一九六〇年《ねん》、四三歳《さい》で史上最年少《しじょうさいねんしょう》の大統領《だいとうりょう》になったが一九六三年《ねん》に暗殺《あんさつ》された

＊18 エドワード・M《エム》・ケネディ。ジョン・F《エフ》・ケネディの弟《おとうと》で、テディは愛称《あいしょう》。民《みん》主党《しゅとう》リベラル派《は》の有力指導者《ゆうりょくしどうしゃ》として活躍《かつやく》

＊19 本書《ほんしょ》一〇二ページ、ジェシカ・ミッドフォードを参照《さんしょう》

ジェシカはたちまち私《わたし》のヒーローになりました。父親《ちちおや》のツケにして買《か》ったカメラひとつを持《も》って、スペイン内乱《ないらん》で戦《たたか》った人《ひと》です。

あんな大《だい》それたことをするだけの勇気《ゆうき》が私《わたし》にもあったらなと思《おも》ったわ。大変《たいへん》な精神力《せいしんりょく》の持《も》ち主《ぬし》で、人権運動家《じんけんうんどうか》として体《からだ》をはって勇敢《ゆうかん》なことをした女性《じょせい》です。

ジェシカのユーモアのセンスと、偉大《いだい》な独立独歩《どくりつどっぽ》の精神《せいしん》が好《す》きですね。家族《かぞく》にも歯向《はむ》かったのよ。とても裕福《ゆうふく》な家庭《かてい》で、女《おんな》の子《こ》には教育《きょういく》なんて必要《ひつよう》ないという主義《しゅぎ》だったらしいのですが……。

そして、自分《じぶん》の信念《しんねん》を口《くち》で説教《せっきょう》するのではなく、行動《こうどう》することで情《じょう》熱《ねっ》を示《しめ》した人《ひと》です。思春期《ししゅんき》のころの純粋《じゅんすい》さを持《も》ったまま大人《おとな》になったところが好《す》きです。独学《どくがく》の社会主義者《しゃかいしゅぎしゃ》でしたけど、自分《じぶん》の政治理念《せいじりねん》にずっと忠実《ちゅうじつ》で、その姿勢《しせい》を一生貫《いっしょうつらぬ》いたところも好《す》きですね。

彼女《かのじょ》の書《か》いたものは、たぶんすべて読《よ》んでいるはずです。娘《むすめ》の名前《なまえ》もあやかってジェシカと名《な》づけたのですよ。

●どんな音楽《おんがく》が好《す》きですか?

音楽《おんがく》なら何《なん》でも好《す》きです。一七歳《さい》のころに聞《き》いていたような曲《きょく》を今《いま》でも聞《き》いています。

両親《りょうしん》はどちらもあまりクラシックには関心《かんしん》がなくて、二人《ふたり》ともビートルズや六〇年代《ねんだい》の音楽《おんがく》が好《す》きだったので、私《わたし》もそういう音楽《おんがく》が好《す》きです。アコースティック・ギターを弾《ひ》いていて、よくエレキ・ギターでソロを弾《ひ》くことを夢想《むそう》したものです。

今《いま》でもビートルズは好《す》きですが、世界中《せかいじゅう》で一番《いちばん》のお気《き》に入《い》りはザ[*20]・

＊20　一九八〇年代《ねんだい》のイギリスのカリスマバンド。四人構成《にんこうせい》

スミス。それからパンクに凝《こ》っていたころは*21ザ・クラッシュでした。

●美術《びじゅつ》は好《す》きですか?

学校《がっこう》での美術《びじゅつ》の授業《じゅぎょう》は好《す》きでしたし、今《いま》でも趣味《しゅみ》として絵《え》を描《えが》くことはあります。

たぶん絵《え》では決《けっ》して食《た》べていけないことがわかっているからかもしれませんが、自分《じぶん》のスケッチや絵《え》は気軽《きがる》に人《ひと》に見《み》せます。でも、**小説《しょうせつ》は絶対《ぜったい》に誰《だれ》にも見《み》せません。**編集者《へんしゅうしゃ》に聞《き》いてみてください! なかなか手元《てもと》から放《はな》せないの。きっとあまりにも大切《たいせつ》すぎるからでしょう。「草稿《そうこう》を見《み》せて」と言《い》われるのが嫌《きら》いです。なんだか、自分《じぶん》だけのものだという気《き》がして。

美術館《びじゅつかん》や画廊《がろう》も好《す》きです。ブック・キャンペーン・ツアーで何度《なんど》もニューヨークを訪《おとず》れているのですが、未《いま》だにあそこのすばらしい美術《びじゅつ》館《かん》にはどこにも行けないのです。行《い》きたくてたまらないのですが、午《ご》後《ご》のスケジュールが空《あ》いていたためしがないんですよ。

●お気《き》に入《い》りの画家《がか》はいますか?

まだ二〇代前半《だいぜんはん》のころはゲインズバラ[*22]に燃《も》えていました。とくに、「朝《あさ》の散歩《さんぽ》」という題名《だいめい》の絵《え》が好《す》きでした。非常《ひじょう》に特徴的《とくちょうてき》なカップルの絵《え》なのですが、男性《だんせい》の方《ほう》はとても素敵《すてき》で、女性《じょせい》の方《ほう》は

＊21 一九七七年《ねん》に荒々《あらあら》しいサウンドと政治的《せいじてき》な歌詞《かし》を特徴《とくちょう》にデビューしたパンク・ロックバンド

＊22 一八世紀《せいき》イギリスの風景《ふうけい》、肖像画家《しょうぞうがか》。代表作《だいひょうさく》は「水《みず》を飲《の》む馬《うま》のいる森《もり》の風景《ふうけい》」

まったく冴《さ》えません。解説《かいせつ》によれば、この絵《え》は二人《ふたり》の結婚《けっこん》の際《さい》に描《えが》かれたらしいのです。

こんな結婚《けっこん》ってうまくいくのだろうかと思《おも》いましたし、なんとなく、だめだったような気《き》がしました。

一番好《いちばんす》きな絵画《かいが》はカラヴァッジオ*23の「エオマの晩餐《ばんさん》」です。キリストが復活《ふっかつ》したあと、使徒《しと》たちの前《まえ》に姿《すがた》を現《あらわ》す場面《ばめん》です。本当《ほんとう》に好《す》きな絵《え》です。

ここに描《えが》かれたキリストは親《した》しみやすい感《かん》じですね。柔《やわ》らかでふっくらとして……。使徒《しと》たちが自分《じぶん》たちのパンを祝福《しゅくふく》してくれた人《ひと》が誰《だれ》なのかに気《き》づく、ちょうどその瞬間《しゅんかん》を描《えが》いているのです。

ハーマイオニーの名前《なまえ》を発見《はっけん》

●劇場《げきじょう》や映画館《えいがかん》などにはよく行《い》きましたか？

ロンドンでやっているパントマイムによく連《つ》れていってもらいました。あるとき、「ピーター・パン」の劇《げき》で、観客《かんきゃく》はフック船長《せんちょう》を野次《やじ》るようにと言《い》われ、父《ちち》がブーイングをしたの。するとフック船長《せんちょう》が舞《ぶ》台《たい》を降《お》りて私《わたし》たちの席《せき》のところまでやってきたの。私《わたし》は恐怖《きょうふ》で震《ふる》え上《あ》

＊23 一七世紀《せいき》初頭《しょとう》イタリア・バロック期《き》の代表的《だいひょうてき》な画家《がか》。キリスト教《きょう》を題材《だいざい》とした作《さく》品《ひん》が多数《たすう》ある

＊24 「ピーター・パン」に登場《とうじょう》する、片手《かたて》がカギの形《かたち》をした義手《ぎしゅ》の海賊《かいぞく》

がったわ。

今《いま》でも劇場《げきじょう》に行《い》くのは好《す》きです。*25ストラトフォード・アポン・エイボンではじめて舞台劇《ぶたいげき》を見《み》ました。六年生《ねんせい》のときの遠足《えんそく》で、シェイクスピアの『*26リア王《おう》』でした。電撃的《でんげきてき》な衝撃《しょうげき》を受《う》けました。『冬物語《ふゆものがたり》』も見《み》て、そこでハーマイオニーの名前《なまえ》を見《み》つけたのです。もちろんそれからずっとあとになってその名《な》を使《つか》うことになったのですが。

映画《えいが》も好《す》きです。チェプストーには映画館《えいがかん》がなかったので、子《こ》どものころはあまり連《つ》れていってもらえませんでしたが、そのころ好《す》きだった映画《えいが》は『*27ジャングル・ブック』でした。*28リチャード・アダムズ作《さく》の『ウォーターシップダウンのうさぎたち』のアニメ映画《えいが》もお気《き》に入《い》りでした。もちろん原作《げんさく》もすばらしいです。

ひいきの映画俳優《えいがはいゆう》は*29マイケル・ケインでしょうね。でも『小《ちい》さな巨《きょ》人《じん》』に出演《しゅつえん》している*30ダスティン・ホフマンを見《み》てからは、真剣《しんけん》に彼《かれ》に熱《ねつ》を上《あ》げてしまったわ。今《いま》でもまだ少《すこ》しその気持《きも》ちが残《のこ》っているか

＊25　イギリスの劇作家《げきさっか》シェイクスピアの生誕地《せいたんち》
＊26　シェイクスピアの四大悲劇《よんだいひげき》のひとつ
＊27　キプリングの原作《げんさく》をもとにディズニーが製作《せいさく》した映画《えいが》。狼《おおかみ》に育《そだ》てられた少年《しょうねん》の物語《ものがたり》
＊28　一九七九年《ねん》にマーチン・ローゼン監督《かんとく》・脚本《きゃくほん》により封切《ふうき》られたイギリス映画《えいが》
＊29　ロンドン生《う》まれの映画俳優《えいがはいゆう》。一九九九年《ねん》『サイダーハウス・ルール』でアカデミー助演男優賞《じょえんだんゆうしょう》を受賞《じゅしょう》
＊30　アメリカ・ロサンジェルス生まれの映画俳優《えいがはいゆう》。『真夜中《まよなか》のカウボーイ』『レインマン』などの作品《さくひん》がある。『小《ちい》さな巨人《きょじん》』は一九七〇年《ねん》の作品《さくひん》

も……。

●子《こ》どものころテレビはよく見《み》ていましたか?

そんなには見《み》ていません。両親《りょうしん》があまりテレビをつけませんでした。今《いま》でもそうなのですが、アニメが大好《だいす》きで、とくに『*31チキチキマシン猛《もう》レース』のファンです。それと『*32モンキーズ』も大好《だいす》きでした。*33デイビー・ジョーンズに恋《こい》していましたね。

娘《むすめ》がまだとても小《ちい》さかったころ、土曜日《どようび》の朝《あさ》『*34アニマニアックス』が始《はじ》まったら知《し》らせてくれるように頼《たの》んでおくと、ベッドによじ登《のぼ》ってきて、ベッドの上《うえ》でピョンピョン跳《は》ねて起《お》こしてくれました。

最近《さいきん》はずっと小説《しょうせつ》を書《か》いていますし、家《いえ》にいないことも多《おお》いので、テレビをほとんど見《み》なくなりましたね。重要《じゅうよう》なニュースまで聞《き》き逃《のが》してしまうこともあるぐらいです。

でも、できるだけ『ロイル・ファミリー』[*35]だけは見《み》るようにしています。あれはすばらしいシリーズですから。

*31 愉快《ゆかい》な犬《いぬ》ケンケンの活躍《かつやく》で有名《ゆうめい》になったテレビアニメーション。日本《にほん》でも一九七〇年《ねん》に放映《ほうえい》

*32 一九六〇〜一九七〇年初頭《ねんしょとう》に活躍《かつやく》した人気《にんき》バンド四人組《にんぐみ》によるコメディ番組《ばんぐみ》

*33 モンキーズのメンバーの一人《ひとり》

*34 アメリカで一九九三年《ねん》から一九九八年《ねん》の間《あいだ》に放映《ほうえい》されたテレビアニメーション

*35 イギリス国内《こくない》で一九九八年《ねん》から放映《ほうえい》されたグラナダ・テレビ製作《せいさく》の連続《れんぞく》ホーム・コメディ

社会人《しゃかいじん》

●中等学校《ちゅうとうがっこう》を卒業《そつぎょう》してからはどうしましたか？

エクスター大学《だいがく》に四年通《ねんかよ》って、その間《かん》、教育実習《きょういくじっしゅう》でパリで一年間英《ねんかんえい》語《ご》を教《おし》えましたが、とても楽《たの》しかったです。

エクスターでは最初《さいしょ》はちょっとショックを受《う》けました。私《わたし》と同《おな》じような人《ひと》ばかりがたくさん集《あつ》まっているものだと……つまり、みんなが急進的《きゅうしんてき》な考《かんが》え方《かた》をするのだと思《おも》っていたのですが、それが全然違《ぜんぜんちが》いました。

でも、同《おな》じような考《かんが》え方《かた》をする友人《ゆうじん》が何人《なんにん》かできてからは、楽《たの》しくなりました。勉強《べんきょう》は、もうちょっとがんばるべきだったかもしれませんね。

誰《だれ》にも打《う》ち明《あ》けなかった夢《ゆめ》

●英文学《えいぶんがく》が好《す》きだったのに、なぜ語学《ごがく》を専攻《せんこう》したのですか？

選択《せんたく》を少《すこ》しまちがえたのでしょうね。決《けっ》して何《なに》もかも親《おや》の言《い》いなりではありませんでしたが、両親《りょうしん》が、語学《ごがく》を専攻《せんこう》した方《ほう》が就職《しゅうしょく》のときに有利《ゆうり》だと考《かんが》えていたことに影響《えいきょう》されたのでしょう。

ひどく後悔《こうかい》しているわけではないのですが、たしかに作家《さっか》になることしか念頭《ねんとう》になかった私《わたし》の選択《せんたく》としては、おかしな決《き》め方《かた》でした。

もっとも、当時《とうじ》は誰《だれ》かにそんな夢《ゆめ》を打《う》ち明《あ》ける勇気《ゆうき》はありませんでしたが。

作家《さっか》として

●大学卒業後《だいがくそつぎょうご》はどういう方面《ほうめん》に進《すす》みましたか？

これこそもっと大《おお》きなまちがいでした。ロンドンに行《い》って、バイリンガル秘書《ひしょ》コース（二か国語以上《こくごいじょう》話《はな》せる秘書《ひしょ》の養成《ようせい》コース）を勉強《べんきょう》しました。

今《いま》でもそうですが、私《わたし》はそういう仕事《しごと》にはまったく向《む》かない人間《にんげん》です。私《わたし》が秘書《ひしょ》ですって？　もしあなたの秘書《ひしょ》だったら、あなたにとっては悪夢《あくむ》だったでしょうね。

たったひとつだけここで修得《しゅうとく》できたのが、タイプでした。今《いま》は全部《ぜんぶ》タイプで本《ほん》を書《か》きますから、タイプはとても役《やく》に立《た》っています。タイプは相当速《そうとうはや》いですよ。

本当《ほんとう》にやりたいことを隠《かく》して

コースを修了《しゅうりょう》してからは、とにかく仕事《しごと》を見《み》つけたかったです。生活費《せいかつひ》をかせげて、書《か》く時間《じかん》が持《も》てるような仕事《しごと》であればどんな仕事《しごと》でもよかったのです。

結局《けっきょく》、アムネスティ・インターナショナルでフランス語圏《ごけん》アフリカ諸国《しょこく》（国民《こくみん》が主《おも》にフランス語《ご》を使《つか》うアフリカ諸国《しょこく》）における人権侵害《じんけんしんがい》を扱《あつか》う研究助手《けんきゅうじょしゅ》として就職《しゅうしょく》しました。そのため、一〇〇か国以上《こくいじょう》もの代表者《だいひょうしゃ》たちと、みんなひとつ屋根《やね》の下《した》で一緒《いっしょ》に仕事《しごと》をすることになりました。

仕事場《しごとば》としては大変《たいへん》おもしろいところでしたし、意義《いぎ》のある仕事《しごと》でした。フルタイムでものを書《か》いてはいなかったのですから、何《なに》か意義《いぎ》のあることに時間《じかん》を費《つい》やしていたかったのです。

●書《か》く時間《じかん》はどうやってつくったのですか?

あのころあそこで働《はたら》いていた人《ひと》で、私《わたし》のことを憶《おぼ》えている人《ひと》は少《すく》ないかもしれません。お昼休《ひるやす》みにみんなでパブ[*1]に出かけるときも、私《わたし》は

＊1 イギリスでよく見《み》かける、ビールを飲《の》み軽食《けいしょく》のとれる居酒屋《いざかや》

何《なに》か言《い》い訳《わけ》をして、どこかのカフェか、みんなとは別《べつ》のパブに行《い》って何《なに》か書《か》いていましたから。

そのころは一般《いっぱん》の大人《おとな》向《む》けの小説《しょうせつ》を書《か》いていました。当時《とうじ》共同《きょうどう》でアパートを借《か》りていたので、やはり一人《ひとり》になりたいときには、近所《きんじょ》のカフェに通《かよ》っていたの。書《か》きものをする場所《ばしょ》としてカフェは理想的《りそうてき》でした。本当《ほんとう》は何《なに》をしたいのかを隠《かく》していた私《わたし》のような人間《にんげん》にとってはとくに。そういうわけで、カフェでものを書《か》くのが病《や》みつきになってしまいました。

興奮《こうふん》が体《からだ》を突《つ》き抜《ぬ》けた瞬間《しゅんかん》

●最初《さいしょ》にハリー・ポッターのアイデアが思《おも》い浮《う》かんだのはいつですか？

当時《とうじ》つき合《あ》っていたボーイフレンドがマンチェスターに引《ひ》っ越《こ》して、私《わたし》も来《き》てほしいと言《い》われていました。

それで週末《しゅうまつ》にマンチェスターでアパート探《さが》しをしたあと、ロンドンに戻《もど》る列車《れっしゃ》の中《なか》で、ハリー・ポッターが突然現《とつぜんあらわ》れたのです。

あんなに興奮《こうふん》が突《つ》き抜《ぬ》ける感《かん》じははじめてでした。**これを書《か》くのはすごく楽《たの》しいだろうってすぐにわかりました**。そのときは児童書《じどうしょ》になるとはわかりませんでしたね。ハリーという少年《しょうねん》が登場《とうじょう》するということだけはわかっていました。

それからロンドンに戻《もど》る旅《たび》の間《あいだ》にロン、ほとんど首《くび》なしニック、ハグリッド、ピーブズにも出会《であ》いました。

でも、人生最高《じんせいさいこう》のアイデアが頭《あたま》を駆《か》けめぐっているのに、よりによって手元《てもと》には使《つか》いものにならないペンばかり！ **どこへ行《い》くのにも**

ペンとノートだけは必《かなら》ず持《も》っていたのに。それで書《か》き留《と》めようとするよりは、頭《あたま》の中《なか》で練《ね》るしかなかったのです。

きっとこれが結果的《けっかてき》に幸《さいわ》いしたのだと思《おも》います。つぎつぎと細《こま》かいことが思《おも》い浮《う》かびましたが、あの旅《たび》の途中《とちゅう》で忘《わす》れてしまうようなものだったら、きっと憶《おぼ》えておく価値《かち》がなかったでしょうから。

●どこから考《かんが》えはじめましたか？

最初《さいしょ》に集中《しゅうちゅう》して考《かんが》えたのは「ホグワーツ魔法魔術学校《まほうまじゅつがっこう》」[*2]でした。とても規律《きりつ》の厳《きび》しいところだけれど、危険《きけん》がいっぱいで、学生《がくせい》が教師《きょうし》を圧倒《あっとう》するような能力《のうりょく》を持《も》っていたりする。必然的《ひつぜんてき》に人里離《ひとざとはな》れた場《ば》所《しょ》に設定《せってい》しなければならないし、それでかなり早《はや》い段階《だんかい》で「スコットランド」と心《こころ》の中《なか》で決《き》めました。無意識《むいしき》に両親《りょうしん》が結婚《けっこん》した場所《ばしょ》に賛辞《さんじ》を捧《ささ》げていたのかもしれません。

ホグワーツは何《なに》をモデルにして書《か》いているか知《し》っているという人《ひと》がいますが、それはまちがいです。私《わたし》が想像《そうぞう》しているようなホグワーツのイメージにぴったりのお城《しろ》なんて、今《いま》までどこでも見《み》たことがありません。

ロックハートの名前《なまえ》の由来《ゆらい》

その晩《ばん》、アパートに戻《もど》ってから、小《ちい》さな安物《やすもの》のノートにこれを全部《ぜんぶ》

＊2 ハリーが学《まな》んでいる魔法使《まほうつか》いと魔女《まじょ》のための学校《がっこう》。一一歳《さい》で入学《にゅうがく》し、七年制《ねんせい》となっている

書《か》き留《と》めはじめました。勉強《べんきょう》する全科目《ぜんかもく》のリストを作《つく》ったり……。七部作《ぶさく》でなければならないということはもうわかっていました。まず登《とう》場人物《じょうじんぶつ》が思《おも》い浮《う》かび、あとからそれぞれにぴったりの名前《なまえ》を考《かんが》えなければならなかったのです。

ギルデロイ・ロックハート[*3]がいい例《れい》だわ。かなり印象《いんしょう》の強《つよ》い響《ひび》きを持《も》った名前《なまえ》でなければいけないし。「故事《こじ》・諺《ことわざ》・熟語辞典《じゅくごじてん》」は名前《なまえ》を見《み》つけるにはとてもいい辞典《じてん》ですね。この辞典《じてん》をめくって探《さが》していたら「ギルデロイ」はハンサムなスコットランドの追《お》いはぎの名前《なまえ》だと書《か》いてありました。おあつらえむきでした。

それから第一次世界大戦《だいいちじせかいたいせん》の戦没者記念碑《せんぼつしゃきねんひ》でロックハートという名前《なまえ》を見《み》つけました。この二つを合《あ》わせて、この人物《じんぶつ》について私《わたし》が伝《つた》えたかったことをすべて表現《ひょうげん》できました。

謎《なぞ》を解《と》き明《あ》かしながら

●どのようにして物語《ものがたり》を創《つく》り出《だ》していったのですか？

どうしてハリーがそこにいるのか、どうして両親《りょうしん》が亡《な》くなったのかを解《と》き明《あ》かしていくやり方《かた》です。

私《わたし》が創《つく》り上《あ》げていたのに、まるで調査《ちょうさ》でもしているような感《かん》じでした。あの列車《れっしゃ》の旅《たび》が終《お》わったときには七巻《かん》シリーズになることはもうわかっていました。まだ一冊《さつ》も出版《しゅっぱん》していない人間《にんげん》にしては、あまり

＊3 『ハリー・ポッターと秘密《ひみつ》の部屋《へや》』に登場《とうじょう》する「闇《やみ》の魔《ま》術《じゅつ》に対《たい》する防衛術《ぼうえいじゅつ》」の先《せん》生《せい》

にも傲慢《ごうまん》な感《かん》じがするでしょうけれど、私《わたし》にはそういうふうにしか考《かんが》えられなかったのです。

七つの物語《ものがたり》をひとつひとつ組《く》み立《た》てて、シリーズを構成《こうせい》するのに五年間《ねんかん》かかりました。いつ、何《なに》が起《お》こり、誰《だれ》が登場《とうじょう》するかわかっていましたから、書《か》きながら、まるで古《ふる》き友《とも》と再会《さいかい》するような感《かん》じがするのです。

●好《す》きな登場人物《とうじょうじんぶつ》は誰《だれ》ですか？

第三巻《だいかん》に登場《とうじょう》するルーピン先生《せんせい》は私《わたし》の一番好《いちばんす》きなキャラクターのひとりです。＊4彼《かれ》は傷《きず》を負《お》った人《ひと》です。文字通《もじどお》り、そして比喩的《ひゆてき》にも。

大人《おとな》にもいろいろな問題《もんだい》があり、大人《おとな》も悩《なや》み、戦《たたか》っていることを、子《こ》どもたちにわかってもらうことは大切《たいせつ》だと思《おも》います。ルーピンが狼人間《おおかみにんげん》であることは、実は人々《ひとびと》が病気《びょうき》や障害《しょうがい》に対《たい》してどう反応《はんのう》するかを、比喩的《ひゆてき》に表現《ひょうげん》しているのです。

過去《かこ》はすべて頭《あたま》の中《なか》に

登場人物《とうじょうじんぶつ》については、必《かなら》ずと言《い》ってもいいほど完璧《かんぺき》な履歴《りれき》が出来上《できあ》がっています。そんな詳《くわ》しいことまで全部《ぜんぶ》物語《ものがたり》に入《い》れてしまったら、各巻《かくかん》がブリタニカ百科事典《ひゃっかじてん》ほどの大《おお》きさになってしまいますね。書《か》いているとき私《わたし》が気《き》をつけなければならないのは、読者《どくしゃ》は私《わたし》ほど

＊4　ロックハートに代《か》わって『ハリー・ポッターとアズカバンの囚人《しゅうじん》』に登場《とうじょう》する「闇《やみ》の魔術《まじゅつ》に対《たい》する防衛術《ぼうえいじゅつ》」の先生《せんせい》

細《こま》かいことまでは知《し》らないのだ、ということを忘《わす》れないようにすることです。[＊5]シリウス・ブラックがよい例《れい》です。ブラックの子《こ》ども時代《じだい》については、完全《かんぜん》にストーリーが出来上《できあ》がっています。

　読者《どくしゃ》はその全部《ぜんぶ》を知《し》る必要《ひつよう》はないのですが、私《わたし》は知《し》っていなければなりません。物語《ものがたり》の中《なか》で登場人物《とうじょうじんぶつ》を動《うご》かしているのは私《わたし》なのですから、読者《どくしゃ》よりもずっと詳《くわ》しく知《し》っておく必要《ひつよう》があるのです。

「クィディッチ」というスポーツを創《つく》り出《だ》したのは、マンチェスターで一緒《いっしょ》に暮《く》らしていたボーイフレンドと大《おお》げんかをしたあとでした。猛烈《もうれつ》な勢《いきお》いで家《いえ》から飛《と》び出《だ》して、パブに行《い》って……そこでクィディッチを発明《はつめい》したのです。

●本《ほん》を書《か》くために仕事《しごと》をやめたのですか？

まさか！　私《わたし》はマンチェスターに引《ひ》っ越《こ》して、マンチェスター商工《しょうこう》会議所《かいぎしょ》で働《はたら》きました。勤《つと》めはじめて間《ま》もなくリストラにあってしまったので、短《みじか》い期間《きかん》でしたね。

その後《ご》大学《だいがく》で仕事《しごと》をしましたが、あのころはとても不幸《ふしあわ》せでした。マンチェスターに越《こ》してから一か月《げつ》ほどして母《はは》が亡《な》くなったのです。それから泥棒《どろぼう》に入《はい》られて、母《はは》の形見《かたみ》がすべて盗《ぬす》まれてしまったの。みんなそれはそれはやさしく、親切《しんせつ》にしてくれたけど、もうどこかへ逃《に》げだしてしまいたい気分《きぶん》になっていたのです。

＊5　『ハリー・ポッターとアズカバンの囚人《しゅうじん》』に登場《とうじょう》し、ハリーとその両親《りょうしん》に対《たい》して重要《じゅうよう》な役割《やくわり》を果《は》たす人物《じんぶつ》

パリで英語《えいご》を教《おし》えていたとき、とても楽《たの》しかったので、「そうだ、外国《がいこく》に行《い》って、英語《えいご》を教《おし》えて、原稿《げんこう》も持《も》っていって、少《すこ》し太陽《たいよう》に当《あ》たったら……?」と思《おも》いました。

最初《さいしょ》の三章《しょう》が出来上《できあ》がった!

それでポルトガルのオポルトに住《す》み、八歳《さい》から六二歳《さい》までの生徒《せいと》に英語《えいご》を教《おし》えることになったのです。ほとんどは受験勉強中《じゅけんべんきょうちゅう》の一〇代《だい》の学生《がくせい》でしたが、ビジネスマンや主婦《しゅふ》などもいました。

なんといっても一四から一七歳《さい》までのティーンたちが、私《わたし》は一番《いちばん》好《す》きでしたね。いろいろな発想《はっそう》や可能性《かのうせい》で満《み》ちあふれていて、ちょうど自分《じぶん》の意見《いけん》が出来上《できあ》がりつつあるときですから。私《わたし》はそのクラスの担《たん》当《とう》になりました。

六か月後《げつご》に、後《のち》に夫《おっと》となったジャーナリストと出会《であ》いました。結婚《けっこん》して翌年《よくとし》にはジェシカが生《う》まれて……。二八歳《さい》の誕生日《たんじょうび》の直前《ちょくぜん》でした。あれは、私《わたし》の人生《じんせい》で最《もっと》もすばらしいときでした。

その時点《じてん》で『ハリー・ポッターと賢者《けんじゃ》の石《いし》』の最初《さいしょ》の三章《しょう》が、出版《しゅっぱん》された文章《ぶんしょう》とほぼ同《おな》じ形《かたち》に出来上《できあ》がっていました。あとの部分《ぶぶん》はまだ草稿《そうこう》のままでした。

●どうしてエジンバラに引《ひ》っ越《こ》したのでしょう?

結婚《けっこん》が失敗《しっぱい》だったことがだんだんはっきりしてきて、英国《えいこく》に戻《もど》る方《ほう》がいろいろと好都合《こうつごう》だろうと思《おも》ったのです。仕事《しごと》もとくに安定《あんてい》したものではなかったし、夏休《なつやす》みにはその仕事《しごと》も完全《かんぜん》にお休《やす》みでしたからね。

とくに赤《あか》ん坊《ぼう》を抱《かか》えての職探《しょくさが》しは大変《たいへん》だろうと心配《しんぱい》でした。

クリスマス休《やす》みにエジンバラの妹《いもうと》の家《いえ》に遊《あそ》びに行《い》って、そのときエジンバラなら幸《しあわ》せに暮《く》らせるかもしれないと思《おも》いました。その通《とお》り、それからは幸《しあわ》せでした。

エジンバラで知《し》っている人《ひと》といえば、妹《いもうと》とその親友《しんゆう》だけでした。妹《いもうと》の夫《おっと》にも、それまで一度《ど》しか会《あ》ったことがなかったの。友人《ゆうじん》のほとんどはロンドンに住《す》んでいましたが、子《こ》どもを育《そだ》てるならエジンバラのような町《まち》がいいと思《おも》ったのです。すぐにいい友《とも》だちもできましたしね。もしかすると私《わたし》の体《からだ》に流《なが》れるスコットランドの血《ち》が、故郷《こきょう》へ呼《よ》び戻《もど》したのかもしれませんね。

乳飲《ちの》み子《ご》を抱《かか》えて

●どうやって執筆《しっぴつ》を続《つづ》けたのですか？

生活《せいかつ》のために教師《きょうし》に復帰《ふっき》しようと決《き》めたのですが、そのためにはまず教員《きょういん》*6の資格《しかく》が必要《ひつよう》でした。取得《しゅとく》するのに一年間《ねんかん》はかかるので、がんばって、第一巻《だいいっかん》を今《いま》すぐ完成《かんせい》させないと一生完成《いっしょうかんせい》できないかもしれないと自覚《じかく》していました。それで精一杯《せいいっぱい》、超人的《ちょうじんてき》な努力《どりょく》をしたのです。

ジェシカを乳母車《うばぐるま》に乗《の》せて公園《こうえん》に連《つ》れていっては、なるべく疲《つか》れ果《は》てて眠《ねむ》るまで遊《あそ》ばせて、寝《ね》てしまうとカフェに駆《か》け込《こ》んではひたすら

＊6　Post - Graduate Certificate of Education（PGCE）

書《か》いたの。コーヒー一杯《ぱい》で何時間《なんじかん》もねばる私《わたし》に対《たい》して、どこのカフェでもいい顔《かお》をしてくれたわけではなかったのよ。

でも義弟《ぎてい》がちょうど自分《じぶん》のカフェを開店《かいてん》したところでした。ニコルソンズ・カフェ*7というのですが、そこなら一応歓迎《いちおうかんげい》してくれるかなと思《おも》ったの。なるべく混《こ》んでいない時間帯《じかんたい》に行《い》くように心《こころ》がけました。スタッフもとても親切《しんせつ》だったわ。もし出版《しゅっぱん》されて、本《ほん》が売《う》れるようになったらどんな恩返《おんがえ》しをしましょうかと冗談《じょうだん》を言《い》っていたのよ……。本当《ほんとう》に出版《しゅっぱん》できるのかどうか、自信《じしん》はまだありませんでした。そういうわけで私《わたし》の処女作《しょじょさく》はニコルソンズ・カフェで書《か》き上《あ》げました。

なんと九万語《まんご》の大長編《だいちょうへん》に

原稿《げんこう》は手動《しゅどう》のタイプライターで自分《じぶん》でタイプしました。「著者《ちょしゃ》・アーティスト年鑑《ねんかん》」で、児童書《じどうしょ》として適切《てきせつ》な長《なが》さは四万語《まんご》だと読《よ》んだことがありましたが、私《わたし》の物語《ものがたり》はなんと九万語《まんご》! なんとかごまかそうと思《おも》って、シングル・スペースで(行間《ぎょうかん》をつめて)タイプしました。でも誰《だれ》も騙《だま》されなかったわ。結局《けっきょく》、きちんとダブル・スペースで(行《ぎょう》間《かん》をあけて)全部《ぜんぶ》タイプし直《なお》す羽目《はめ》になりました。

＊7 ローリングが『ハリー・ポッターと賢者《けんじゃ》の石《いし》』を執筆《しっぴつ》した場所《ばしょ》として有名《ゆうめい》になったコーヒー店《てん》

週末《しゅうまつ》には大学《だいがく》の公開《こうかい》コンピュータ室《しつ》でこっそりコンピュータを使《つか》ったり、足下《あしもと》にジェシカを置《お》いて、山《やま》ほどジグソーパズルを与《あた》えてから必死《ひっし》にタイプしたりして仕上《しあ》げました。大学《だいがく》の授業《じゅぎょう》と無関係《むかんけい》なことにコンピュータを使《つか》っているのが誰《だれ》かにばれないかとヒヤヒヤしました。

●それでついに出版《しゅっぱん》されたのですね？

最初《さいしょ》に原稿《げんこう》を送《おく》った版権代理人《はんけんだいりにん》は、送《おく》り返《かえ》してきました。はじめて原稿《げんこう》を送《おく》った出版社《しゅっぱんしゃ》も返送《へんそう》してきました。それでももう一度《いちど》送《おく》ってみたのです。二人目《ふたりめ》の版権代理人《はんけんだいりにん》のクリストファー・リトル*8は引《ひ》き受《う》けてくれました。彼《かれ》からもらった手紙《てがみ》は今《いま》までにもらった手紙《てがみ》の中《なか》で最高《さいこう》のものでした。出版社《しゅっぱんしゃ》を見《み》つけるのにそれから一年《ねん》かかりました。ブ*9ルームズベリーが引《ひ》き受《う》けてくれたときは、人生《じんせい》で二番目《ばんめ》の最良《さいりょう》の瞬《しゅん》間《かん》でした。ジェシカが生《う》まれたときのつぎにね。

一年後《ねんご》、一九九七年《ねん》の七月《がつ》に本《ほん》が出版《しゅっぱん》されました。うれしさのあまり、出来上《できあ》がった本《ほん》を一冊《さつ》わきの下《した》に抱《かか》えて一日中歩《いちにちじゅうある》き回《まわ》ったわ。はじめて本屋《ほんや》さんで自分《じぶん》の本《ほん》を見《み》かけたときには、サインがしたくてムズムズしました。こんなすばらしい瞬間《しゅんかん》はありませんでした。

娘《むすめ》のジェシカがはじめて読《よ》めるようになった二つの言葉《ことば》が「ハリー」と「ポッター」で、本屋《ほんや》さんに行《い》くたびにそれを大声《おおごえ》で叫《さけ》ぶの。私《わたし》がわざと言《い》わせてるって、みんなきっとそう思《おも》ったでしょうね……。

＊8　『ハリー・ポッターと賢者《けんじゃ》の石《いし》』の出版《しゅっぱん》を実現《じつげん》させた、イギリス人《じん》の版権代理人《はんけんだいりにん》

＊9　ハリー・ポッターシリーズを世界《せかい》で最初《さいしょ》に刊行《かんこう》したイギリスの出版社《しゅっぱんしゃ》。一九八六年設立《ねんせつりつ》

●『ハリー・ポッターと賢者《けんじゃ》の石《いし》』が出版《しゅっぱん》されてからは？

出版社《しゅっぱんしゃ》はとても激励《げきれい》してくれて、驚《おどろ》くほどよく売《う》れているって言《い》ってくれました。そんなに大々的《だいだいてき》に宣伝《せんでん》したわけではないし……。最初《さいしょ》に「ザ・スコッツマン」[10]で好評《こうひょう》をいただいて、続《つづ》いてほかの新聞《しんぶん》や雑誌《ざっし》などでも取《と》り上《あ》げられました。結局《けっきょく》、主《おも》に口《くち》コミだったようですね。

それからアメリカの出版社《しゅっぱんしゃ》であるスカラスティック社《しゃ》[11]が、誰《だれ》も考《かんが》えていなかったような大金《たいきん》で第《だい》一巻《かん》の版権《はんけん》を買《か》ってくれたのです。マスコミが爆発的《ばくはつてき》に取《と》り上《あ》げて、怖《こわ》いくらいでした。

もうそのころは私《わたし》はパートで教師《きょうし》をしていましたし、『ハリー・ポッターと秘密《ひみつ》の部屋《へや》』を書《か》こうとしていました。あまりに注目《ちゅうもく》されて体《からだ》が凍《こお》りつく思《おも》いでした。

成功《せいこう》とプレッシャーのはざまで

●著作業《ちょさくぎょう》に専念《せんねん》しようと決心《けっしん》したきっかけは？

なかなか難《むずか》しい決断《けつだん》でした。もしかすると騒《さわ》ぎは一時《いっとき》の気《き》まぐれかもしれない。それに娘《むすめ》のことも考《かんが》えなければいけなかったのです。でも二年間《ねんかん》くらいなら書《か》くことに専念《せんねん》できる余裕《よゆう》はあるかなと思《おも》いました。しかし、それでは教師《きょうし》としてのキャリアが危《あや》うくなる可能性《かのうせい》

＊10　スコットランド地方《ちほう》の地元新聞《じもとしんぶん》。『ハリー・ポッターと賢者《けんじゃ》の石《いし》』の書評《しょひょう》を最初《さいしょ》に取《と》り上《あ》げた

＊11　児童書《じどうしょ》の出版《しゅっぱん》を中心《ちゅうしん》とする、アメリカでのハリー・ポッターシリーズの出版社《しゅっぱんしゃ》

がありました。あとで教職《きょうしょく》に戻《もど》るためには経験《けいけん》を積《つ》む必要《ひつよう》があったわけですから。

*12
スマーティーズ賞《しょう》を取《と》ったら、急《きゅう》に売《う》り上《あ》げも伸《の》びて、初《はつ》の印税《いんぜい》が手《て》に入《はい》りました。まさか処女作《しょじょさく》で印税《いんぜい》までもらえるとは思《おも》ってもいなかったのですから、とても誇《ほこ》らしい瞬間《しゅんかん》でしたね。

でもすばらしい出発《しゅっぱつ》というわけではありませんでした。何《なに》しろ『ハリー・ポッターと秘密《ひみつ》の部屋《へや》』を書《か》き上《あ》げるのが思《おも》いのほか大変《たいへん》だったのです。二作目《さくめ》が一番書《いちばんか》きにくいものだと聞《き》いていましたし、読者《どくしゃ》の期待《きたい》を裏切《うらぎ》るんじゃないかと心配《しんぱい》でした。締《し》め切《き》りに間《ま》に合《あ》わせて原稿《げんこう》を提出《ていしゅつ》したものの、結局一度返《けっきょくいちどかえ》してもらいました。それから六週《しゅう》間《かん》かけて満足《まんぞく》いくまで練《ね》り上《あ》げました。

●読者《どくしゃ》からのファンレターはたくさん来《き》ますか？

最初《さいしょ》にいただいたファンレターのことはとてもよく憶《おぼ》えています。フランチェスカ・グレイという少女《しょうじょ》で、男《おとこ》の人《ひと》に宛《あ》てる言葉《ことば》、ディア・サーではじまっていたわ。この子《こ》にはそのあとで一度《ど》会《あ》ったことがあります。

手紙《てがみ》は徐々《じょじょ》に増《ふ》えていましたが、アメリカで売《う》れるようになってから急《きゅう》にすごい勢《いきお》いで手紙《てがみ》が届《とど》くようになりました。

気《き》がつくと、自分《じぶん》で自分《じぶん》の秘書《ひしょ》になっていました。しかも能率《のうりつ》の悪《わる》い秘書《ひしょ》に。うれしい悩《なや》みでしたが、秘書《ひしょ》の仕事《しごと》をきちんとやってくれる人《ひと》を雇《やと》うときが来《き》たという気《き》がしました。

＊12 イギリスの優《すぐ》れた児童書《じどうしょ》に贈《おく》られる権威《けんい》ある賞《しょう》。一九八五年創設《ねんそうせつ》、二〇〇八年廃止《ねんはいし》

続編《ぞくへん》も大《だい》ベストセラーに

●『ハリー・ポッターと秘密《ひみつ》の部屋《へや》』が出版《しゅっぱん》されてからはいかがでしたか？

ほぼ一直線《いっちょくせん》にベストセラーの第《だい》一位《い》になってしまったのには、信《しん》じられない思《おも》いでした。何《なに》もかもが驚《おどろ》きの連続《れんぞく》だったということは、わかってくださいね。急激《きゅうげき》にいろいろなことが起《お》こったのです。でも、大切《たいせつ》なのは自分《じぶん》が誇《ほこ》りにできる本《ほん》が書《か》けたということでした。

●『ハリー・ポッターとアズカバンの囚人《しゅうじん》』のときは？

私《わたし》の本《ほん》を買《か》うために、子《こ》どもたちが本屋《ほんや》さんで行列《ぎょうれつ》してくれるなんて、本当《ほんとう》にうれしかった。ただあそこまでマスコミに取《と》り上《あ》げられると、当惑《とうわく》させられることもあります。自分《じぶん》の写真《しゃしん》がしょっちゅう新聞《しんぶん》に載《の》るなんて考《かんが》えてもみないことだったのですからね。

でも子《こ》どもたちが私《わたし》の本《ほん》を読《よ》んでくれている。そして今《いま》では大人《おとな》も読《よ》んでくれていることがわかっています。しかも私《わたし》の本《ほん》を気《き》に入《い》ってくれているのです。プレッシャーを感《かん》じたときには、いつもそのことを思《おも》い出《だ》すようにしています。

●マスコミの騒《さわ》ぎも少《すこ》しは落《お》ち着《つ》いてきましたか?

いいえ! もうそろそろ頂点《ちょうてん》に達《たっ》したに違《ちが》いないと思《おも》っていたのに……当然《とうぜん》そう思《おも》うでしょう? でもワーナー・ブラザースが第《だい》一巻《かん》の映画《えいが》化権《かけん》を買《か》ったというニュースが流《なが》れると、マスコミの関心《かんしん》はさらに高《たか》まったわ。

ついに映画化《えいがか》を承諾《しょうだく》

●ハリー・ポッターが映画化《えいがか》されることはうれしいですか？

今《いま》ではうれしいですよ。最初《さいしょ》はあちこちの映画会社《えいががいしゃ》から依頼《いらい》の洪水《こうずい》状態《じょうたい》で、全部《ぜんぶ》ノーと断《ことわ》っていました。ワーナー・ブラザースも含《ふく》めてね。でもワーナーは何度《なんど》もくり返《かえ》し来《こ》られました。映画《えいが》は好《す》きですし、映画化《えいがか》すること自体《じたい》に反対《はんたい》していたのではないのです。私《わたし》にとっては、本《ほん》に忠実《ちゅうじつ》な映画《えいが》であることが重要《じゅうよう》だったのです。

ワーナー・ブラザースは必《かなら》ずその約束《やくそく》を守《まも》ってくださると固《かた》く信《しん》じています。映画《えいが》にすると「うまくいかない」ものもあることは確《たし》かですけれど、話《はなし》の筋《すじ》が大《おお》きく変《か》わってしまうことだけは嫌《いや》でした。

ワーナー・ブラザースに託《たく》した理由《りゆう》は、お金《かね》とか力《ちから》とかの問題《もんだい》ではなく、あの会社《かいしゃ》を信用《しんよう》したからです。ワーナー製作《せいさく》の『秘密《ひみつ》の花園《はなぞの》』や『小公女《しょうこうじょ》』の映画化《えいがか》も見《み》ていましたし、とてもよくできていると感《かん》じていました。

製作過程《せいさくかてい》でも、私《わたし》にいろいろと知《し》らせてくれます。映画《えいが》が私《わたし》のイメージに少《すこ》しでも近《ちか》づくようにと、ホグワーツの地図《ちず》やスケッチを送《おく》ってくれたりしています。でも一番大切《いちばんたいせつ》なのは、登場人物《とうじょうじんぶつ》が変《へん》な方《ほう》向《こう》に持《も》っていかれたりしないことですね。

映画《えいが》で観《み》るのを一番《いちばん》楽しみにしているのは、「クィディッチ」です。私《わたし》の頭《あたま》の中《なか》では九年間《ねんかん》ずっと観戦《かんせん》してきましたが、やっとみんなと一《いっ》緒《しょ》に観戦《かんせん》できることになるのですね。

英国版《えいこくばん》とアメリカ版《ばん》の違《ちが》い

●スカラスティック社《しゃ》の編集者《へんしゅうしゃ》は
アメリカ版《ばん》を英国版《えいこくばん》からずいぶん変《か》えましたか？

ほとんど変《か》えていません。どこかで「米語《べいご》に翻訳《ほんやく》した」なんて読《よ》んだことがありますが、まったくのナンセンスです。言葉《ことば》の意味《いみ》がアメリカと英国《えいこく》でまったく違《ちが》う場合《ばあい》だけ、変《か》えたのです。いい例《れい》が「ジャンパー」です。英国版《えいこくばん》のままで出《だ》したら、アメリカの読者《どくしゃ》にしてみれば、ハリーやロンやフレッドが胸《むね》あてつきのエプロン・ドレスを着《き》ていることになってしまいますよ。そんな誤解《ごかい》が起《お》こらないように、「セーター」と書《か》き替《か》えるのは大賛成《だいさんせい》！

ハグリッドの方言《ほうげん》はほとんど英国版《えいこくばん》のままです。変更《へんこう》は本当《ほんとう》に最低限《さいていげん》に留《とど》められていますよ。

唯一《ゆいいつ》、私《わたし》がしっくりこなかったのは、アメリカ版《ばん》の編集者《へんしゅうしゃ》が「Mum（ママ）」を全部《ぜんぶ》「Mom（ママ）」に書《か》き替《か》えてしまったことです。どうしても気《き》に入《い》りませんでした。ウィーズリー夫人《ふじん》は絶対《ぜったい》「Mom」ではないの。だからそれは元《もと》に戻《もど》してもらって、あとの巻《かん》では「Mum」のまま出版《しゅっぱん》されています。

●『ハリー・ポッターとアズカバンの囚人《しゅうじん》』のキャンペーン・ツアーでアメリカに行《い》ったときに何《なに》か事件《じけん》がありましたか？

第《だい》一回《かい》のアメリカ・ツアーでは、どんなイベントでも最大《さいだい》で一〇〇人《にん》くらいしか集《あつ》まっていませんでした。二回目《かいめ》のツアーはボストンからはじまりました。車《くるま》でその書店《しょてん》に向《む》かう途中《とちゅう》、二〇〇メートルほどにわたって行列《ぎょうれつ》がくねくね続《つづ》いているのが見《み》えました。スカラスティック社《しゃ》のクリスにバーゲンでもやっているのかと聞《き》いたら、私《わたし》に会《あ》いにきた人《ひと》の行列《ぎょうれつ》だと聞《き》かされました。これにはまったく驚《おどろ》かされました。

裏口《うらぐち》にさっと連《つ》れていかれて、二階《かい》まで案内《あんない》され、店《みせ》に入《はい》っていくと、みんなキーキー声《ごえ》で叫《さけ》ぶし、フラッシュはたかれるし、ほとんど人気《にんき》ポップ歌手並《かしゅな》みでしたね。驚《おどろ》いて言葉《ことば》も出《で》なかったわ。どんな顔《かお》をしていいかわからなくなってしまいました。親《した》しげなやさしい表情《ひょうじょう》をしたかったのですが、きっと申《もう》しわけなさそうにモジモジした顔《かお》をしていたでしょうね。あの日《ひ》は一四〇〇冊《さつ》もの本《ほん》にサインをしました。

●ブック・キャンペーン・ツアーは楽《たの》しいですか？

私《わたし》が今一番楽《いまいちばんたの》しいと思《おも》うのは、書《か》くことはもちろんですが、やはり読者《どくしゃ》に会《あ》うことなのです。みんなの質問《しつもん》に答《こた》えることが純粋《じゅんすい》に楽《たの》しいのです。長年私《ながねんわたし》の頭《あたま》の中《なか》にしかなかった世界《せかい》が、今《いま》はほら、そこに、みんなの頭《あたま》の中《なか》にある！　すばらしいことだわ。三年前《ねんまえ》までは私《わたし》しか知《し》らなかった登場人物《とうじょうじんぶつ》が、今《いま》では世界中《せかいじゅう》の読者《どくしゃ》に親《した》しまれているのですから。

迷訳《めいやく》？　珍訳《ちんやく》？

●ハリーは少《すく》なくとも二八[*13]の言語《げんご》に翻訳《ほんやく》されていますが、各国《かくこく》それぞれの版《はん》をどう思《おも》っていますか？

最近《さいきん》[*14]、第《だい》一巻《かん》の日本語版《にほんごばん》をいただきました。とても美《うつく》しい本《ほん》です。でも一番感激《いちばんかんげき》しているのはギリシャ語《ご》にまで翻訳《ほんやく》されたということですね。

それでも、時々《ときどき》ちょっとしたおかしな訳《やく》に気《き》づくことがあります。スペイン語版《ごばん》では、なぜかネビル・ロングボトムのペットの「ヒキガエル」が「カメ」と翻訳《ほんやく》されているのです。

ネビルはしょっちゅうペットを見失《みうしな》っているのですが、カメを見失《みうしな》うのはちょっと難《むずか》しいんじゃないかと思《おも》いますよ。それとカメが住《す》むための水《みず》についても触《ふ》れていないし。あまり深《ふか》く考《かんが》えるつもりはありませんが……。

イタリア語版《ごばん》では、「ダンブルドア先生《せんせい》」が「シレンシオ先生《せんせい》」と訳《やく》されています。翻訳者《ほんやくしゃ》は名前《なまえ》の「Ｄｕｍｂ（無言《むごん》）」をとって、それに基《もと》づいて訳《やく》してしまったのでしょうね。

実《じっ》を言《い》うと、「ダンブルドア」というのはマルハナバチの古語《こご》なのです。この名前《なまえ》を選《えら》んだのは、いつも鼻歌《はなうた》を歌《うた》いながら動《うご》き回《まわ》っている気《き》のいい魔法使《まほうつか》いというダンブルドアのイメージがあるからで、そ

＊13　二〇二四年《ねん》八月現在《がつげんざい》、八五の言語《げんご》に翻訳《ほんやく》

＊14　一九九九年《ねん》一二月《がつ》にＪ《ジェー》・Ｋ《ケー》・ローリングに送《おく》られた

れにこの言葉《ことば》の響《ひび》きも好《す》きなのです。シレンシオ（静《しず》かな者《もの》）ではまったく矛盾《むじゅん》するイメージになってしまいます。

でもこのシリーズはイタリアでもとても人気《にんき》があります。きっとイタリア人《じん》はこんなことを気《き》にしていないのね！

●全《ぜん》七巻《かん》を完成《かんせい》させるつもりですか？

もちろんです。たとえ自分自身《じぶんじしん》だけのためにでも、必《かなら》ず。

●七巻目《かんめ》を書《か》き終《お》えた後《あと》はどうするおつもりですか？

このシリーズが終《お》わるなんて、とても信《しん》じられないでしょうね。私《わたし》の頭《あたま》の中《なか》で、ずいぶん長《なか》い間登場人物《あいだとうじょうじんぶつ》と一緒《いっしょ》に過《す》ごして、その後《あと》のことになるわけですから、きっとお別《わか》れは悲《かな》しいことでしょう。でも、きっちりとお別《わか》れはするつもりです。

営々《えいえい》と書《か》き続《つづ》けたい

私《わたし》がものを書《か》き続《つづ》けることだけはまちがいありません。少《すく》なくとも完全《かんぜん》にボケてしまうまでは。私《わたし》は本当《ほんとう》に非常《ひじょう》に恵《めぐ》まれています。ハリーがこんなに成功《せいこう》したので、お金《かね》のために書《か》かなくともよいし、誰《だれ》かに強制《きょうせい》されて書《か》くわけでもありません。自分《じぶん》のためだけに書《か》けばいいわけです。性格的《せいかくてき》には、適当《てきとう》に売《う》れる作家《さっか》という立場《たちば》が私《わたし》に一番《いちばん》向《む》いている気《き》がします。つまり、注目《ちゅうもく》されるのが本《ほん》の方《ほう》で、私個人《わたしこじん》ではない方《ほう》が。出版《しゅっぱん》されただけでも十分《じゅうぶん》すばらしいことでした。読者《どくしゃ》がこんなに夢中《むちゅう》になってくれたことが一番《いちばん》のごほうびです。

時《とき》として……恩知《おんし》らずだと思《おも》わないでほしいのですが、お金《かね》を一部《いちぶ》お返《かえ》ししてでも、静《しず》かに書《か》く時間《じかん》をとり戻《もど》したいと思《おも》うことがありますね。それが一番大《いちばんおお》きなストレスでした。とくに第《だい》四巻《かん》を書《か》いている最中《さいちゅう》は。

　有名《ゆうめい》になってしまいましたが、そういうことはあまり性《しょう》に合《あ》いません。有名《ゆうめい》になったことで、本当《ほんとう》に面倒《めんどう》なことがいろいろ起《お》こりました。そうしたことをすべて閉《し》め出《だ》すのには、大変《たいへん》な意志《いし》の力《ちから》が必要《ひつよう》でした。それに、本《ほん》のプロモーションをしないといけないプレッシャーと、第《だい》四巻《かん》を完成《かんせい》させなければならないという読者《どくしゃ》からの、そして私自身《わたしじしん》からのプレッシャーの狭間《はざま》で、大変《たいへん》な思《おも》いをしました。

　こんな思《おも》いをしてまで続《つづ》ける値《ね》うちがあるのだろうかとまっ暗《くら》な気《き》持《も》ちで数週間《すうしゅうかん》を過《す》ごしたこともありました。それでも営々《えいえい》として書《か》き続《つづ》け、第《だい》四巻《かん》はまさに思《おも》い通《どお》りの作品《さくひん》になりました。
どんな有名人《ゆうめいじん》でも必《かなら》ず何《なに》か問題《もんだい》を抱《かか》えているもので、楽《らく》ではありません。でも、私《わたし》はとびきり幸運《こううん》な人間《にんげん》だということもわかっているつもりです。自分《じぶん》が何《なに》よりも好《す》きなことをしているのですから。

二〇〇〇年《ねん》五月《がつ》

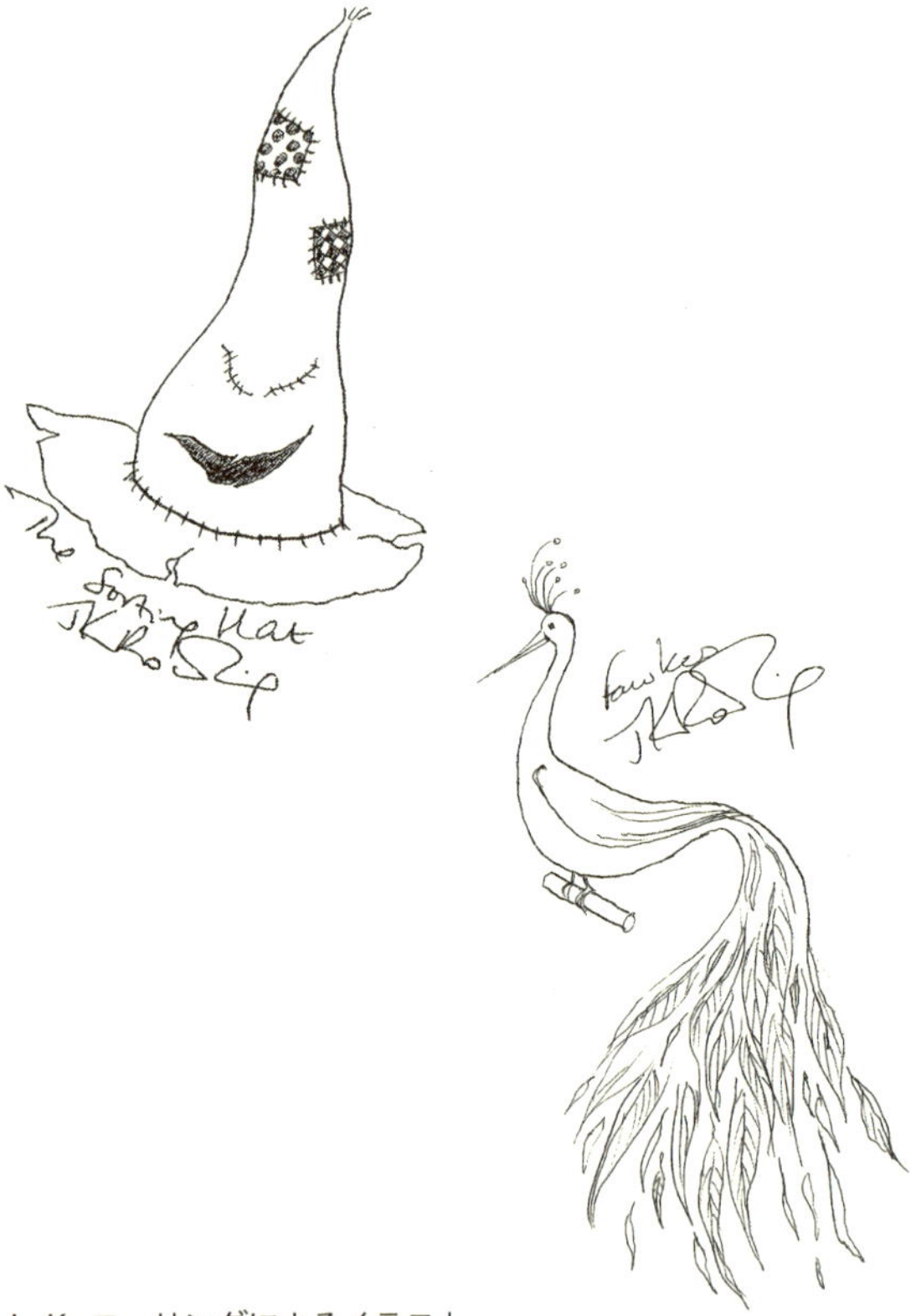

J．K．ローリングによるイラスト
組分け帽子と不死鳥

Illustration of the *Sorting Hat and Fawkes* by J.K.Rowling

（参考資料《さんこうしりょう》）

ローリングの書棚《しょだな》——作家紹介《さっかしょうかい》

（登場順《とうじょうじゅん》）

ケネス・グレアム　（一八五九〜一九三二）　イギリス

児童書《じどうしょ》の名著《めいちょ》として古《ふる》くから伝《つた》わる『たのしい川《かわ》べ』（岩波書店刊《いわなみしょてんかん》）の作者《さくしゃ》。生活上《せいかつじょう》のやるせない気持《きも》ちを作品《さくひん》に多《おお》く書《か》き残《のこ》している。『たのしい川《かわ》べ』は、はにかみ屋《や》のモグラ、賢《かしこ》いネズミ、アナグマ、そしてヒキガエルが、森《もり》で出会《であ》う冒険《ぼうけん》と生活《せいかつ》を描《えが》き、社会《しゃかい》を風刺《ふうし》した作品《さくひん》。

チャールズ・ディケンズ　（一八一二〜一八七〇）　イギリス

ハンプシャー州《しゅう》生《う》まれ。一二歳《さい》のとき、家族《かぞく》が経済難《けいざいなん》に陥《おち》り、靴墨工場《くつずみこうじょう》に勤《つと》めに出《で》た。プライドの高《たか》い少年《しょうねん》が受《う》けた屈辱《くつじょく》が、その後《ご》、『オリバー・ツイスト』（角川書店《かどかわしょてん》、新潮社刊《しんちょうしゃかん》）、『デイヴィッド・コパフィールド』（岩《いわ》波書店《なみしょてん》、新潮社刊《しんちょうしゃかん》）など、孤児《こじ》を主人公《しゅじんこう》とした名作《めいさく》の原動力《げんどうりょく》になった。

エニッド・ブライトン　（一八九七〜一九六八）　イギリス
ファンタジー作品《さくひん》を中心《ちゅうしん》とした児童書作家《じどうしょさっか》。生涯《しょうがい》で、七〇〇冊《さつ》にも及《およ》ぶ作品《さくひん》を残《のこ》した。日本《にほん》でも『おもちゃの国《くに》のノディ』シリーズ（文渓堂刊《ぶんけいどうかん》）は有名《ゆうめい》。イギリスで人気《にんき》の「五人《にん》と一匹《ぴき》」シリーズ（実業之日本社刊《じつぎょうのにほんしゃかん》）など、児童向《じどうむ》けミステリー作品《さくひん》なども多数出《たすうで》ている。

リチャード・スキャーリー　（一九一九〜一九九四）　アメリカ
アメリカ・ボストン生《う》まれ。アメリカを代表《だいひょう》する絵本作家《えほんさっか》。「ねこのハックル」「みみずのローリー」「ぶたのアーサー」などの人気者《にんきもの》を生《う》み出《だ》し、二五〇以上《いじょう》の作品《さくひん》を残《のこ》す。

アンナ・シュウエル　（一八二〇〜一八七八）　イギリス
ノーフォーク州生《しゅううま》れ。名作《めいさく》として名高《なだか》い『黒馬物語《くろうまものがたり》』（岩波書店刊《いわなみしょてんかん》）は、馬《うま》に対《たい》する理解《りかい》・同情《どうじょう》・やさしさをテーマとして描《えが》かれている。

ルイザ・メイ・オルコット（一八三二〜一八八八）アメリカ

アメリカ・ペンシルバニア州《しゅう》生まれ。『若草物語《わかくさものがたり》』（角川書店《かどかわしょてん》、講談社《こうだんしゃ》刊《かん》）の主人公《しゅじんこう》「ジョー・マーチ」同様《どうよう》、四人《にん》姉妹《しまい》の次女《じじょ》として育《そだ》った。母《はは》の影響《えいきょう》でモラルや倫理観《りんりかん》、人間《にんげん》としてのあり方《かた》などを問《と》う多《おお》くの魅力的《みりょくてき》な作品《さくひん》を残《のこ》す。『若草物語《わかくさものがたり》』は自伝的要素《じでんてきようそ》が非常《ひじょう》に強《つよ》い作品《さくひん》。

エリザベス・グージ（一九〇〇〜一九八四）イギリス

現代《げんだい》ファンタジーの先駆《さきが》け的《てき》な作品《さくひん》、『まぼろしの白馬《はくば》』（岩波書店刊《いわなみしょてんかん》）の作者《さくしゃ》。一九四六年《ねん》に『まぼろしの白馬《はくば》』で英国最高峰《えいこくさいこうほう》の児童文学賞《じどうぶんがくしょう》、カーネギー賞《しょう》を受賞《じゅしょう》。この作品《さくひん》は、孤児《こじ》の少女《しょうじょ》が、荒《あ》れ果《は》てた先祖伝来《せんぞでんらい》の土地《とち》「ムーンエーカー」を、不思議《ふしぎ》な動物《どうぶつ》たちの助《たす》けを借《か》りて、元《もと》の美《うつく》しく、幸《しあわ》せな谷間《たにま》の村《むら》に戻《もど》す物語《ものがたり》。

ジェーン・オースティン （一七七五～一八一七） イギリス
ハンプシャー州《しゅう》生《う》まれ。正式《せいしき》な学校教育《がっこうきょういく》はほとんど受《う》けず、読書《どくしょ》を通《つう》じて独学《どくがく》した。一八一三年《ねん》の『高慢《こうまん》と偏見《へんけん》』（岩波書店《いわなみしょてん》、筑摩書房刊《ちくましょぼうかん》）では、「幸《しあわ》せな結婚《けっこん》」を得《え》るために、プライドや偏見《へんけん》がいかに妨《さまた》げになるかが独《どく》特《とく》のウィットと人間観察力《にんげんかんさつりょく》をもって描《えが》かれている。

ウィリアム・M《エム》・サッカレー （一八一一～一八六三） イギリス
一九世紀《せいき》を代表《だいひょう》する風刺作家《ふうしさっか》。ケンブリッジ大学《だいがく》を中退後《ちゅうたいご》、欧州《おうしゅう》を放浪《ほうろう》し、その後新聞社経営《ごしんぶんしゃけいえい》を経《へ》て、一〇年《ねん》ほどの著作活動《ちょさくかつどう》を行《おこな》ったあと、一八四七年《ねん》の『虚栄《きょえい》の市《いち》』（岩波書店刊《いわなみしょてんかん》）で成功《せいこう》を収《おさ》めた。『虚栄《きょえい》の市《いち》』は、二《ふた》人《り》の同級生《どうきゅうせい》の少女《しょうじょ》の物語《ものがたり》で、実利主義社会《じつりしゅぎしゃかい》を風刺《ふうし》している。

イアン・フレミング （一九〇八～一九六四） イギリス
上流階級《じょうりゅうかいきゅう》の家庭《かてい》に生《う》まれ、第二次世界大戦前後《だいにじせかいたいせんぜんご》から諜報機関《ちょうほうきかん》に就《つ》く。一九五三年《ねん》の処女作《しょじょさく》、『カジノ・ロワイヤル』（東京創元社刊《とうきょうそうげんしゃかん》）を皮切《かわき》りに、007《ダブル・オー・セブン》ボンド小説《しょうせつ》を中心《ちゅうしん》として一二年間《ねんかん》、執筆活動《しっぴつかつどう》に従事《じゅうじ》。児童向《じどうむ》けファンタジー作品《さくひん》の『チキチキバンバン』（あすなろ書房刊《しょぼうかん》）も残《のこ》している。

ジェシカ・ミットフォード（一九一七〜一九九六）イギリス

「汚職《おしょく》・醜聞《しゅうぶん》を暴《あば》く人《ひと》」の女王《じょおう》と呼《よ》ばれた名高《なだか》い活動家《かつどうか》。裕福《ゆうふく》な家庭《かてい》に生《う》まれながら、父親《ちちおや》の偏見《へんけん》から高等教育《こうとうきょういく》を受《う》けさせてもらえなかった。自伝《じでん》『令嬢《れいじょう》ジェシカの反逆《はんぎゃく》』には子《こ》ども時代《じだい》から、ウィンストン・チャーチルの甥《おい》と駆《か》け落《お》ちする話《はなし》などが書《か》かれている。

ハリー・ポッターの世界《せかい》

解説《かいせつ》　リンゼイ・フレーザー

海外版《かいがいばん》「ハリー・ポッター」集合《しゅうごう》！

ハリー・ポッターシリーズは全世界でラテン語や古代ギリシャ語などを含む５億部を販売しています。日本語版も第１巻から第７巻までで2690万部（2018年現在）を売り上げるという空前のベストセラーとなりました。

撮影：鈴木亮

二つの世界《せかい》

マグル、吸魂鬼《ディメンター》、クィディッチ、クヌート、暴《あば》れ柳《やなぎ》。もしもこんな言葉《ことば》に聞《き》き覚《おぼ》えがないなら、あなたはまだハリー・ポッターの世界《せかい》に足《あし》を踏《ふ》み入《い》れたことがない人《ひと》でしょうし、ハリー・ポッターの友人《ゆうじん》にも、敵《てき》にもまだ会《あ》っていない人《ひと》でしょう。

『ハリー・ポッターと賢者《けんじゃ》の石《いし》』が一九九七年《ねん》に出版《しゅっぱん》されて以来《いらい》、世界中《せかいじゅう》で何百万人《なんびゃくまんにん》もの人々《ひとびと》がハリーの世界《せかい》の虜《とりこ》になってしまいました。J《ジェー》・K《ケー》・ローリングが、とある日曜《にちよう》の夜《よる》、マンチェスターからロンドンに帰《かえ》る列車《れっしゃ》の中《なか》で最初《さいしょ》にそのイメージをつかんだという、その世界《せかい》です。

ローリングの本《ほん》は空前《くうぜん》の速《はや》さと規模《きぼ》で成功《せいこう》を収《おさ》め、共存《きょうぞん》する二つの世界《せかい》に読者《どくしゃ》を引《ひ》き込《こ》んでしまいました。ひとつは普通《ふつう》の人間《にんげん》が住《す》むマグル界《かい》、そしてもうひとつは……まか不思議《ふしぎ》な魔法界《まほうかい》。

ハリー・ポッターとはいったい誰《だれ》か？

出版予定《しゅっぱんよてい》の七巻《かん》シリーズのうち、まだ三巻《*1かん》しか出版《しゅっぱん》されていない今《いま》の時点《じてん》で、ハリー・ポッターが何者《なにもの》なのかを本当《ほんとう》に知《し》っている人《ひと》は著《ちょ》者《しゃ》のローリング以外《いがい》にはいません。

でも、ハリーについてわかっていることもあります。孤児《こじ》で、邪悪《じゃあく》な魔法使《まほうつか》いヴォルデモートの殺意《さつい》をかわして生《い》き残《のこ》ったこと、一一歳《さい》になるまで自分《じぶん》が魔法使《まほうつか》いであることを知《し》らなかったことなどです。

ハリーが普通《ふつう》の少年《しょうねん》ではないことをほのめかすような出来事《できごと》もいくつかありました。たとえば、世《よ》にも残虐《ざんぎゃく》な散髪《さんぱつ》で刈《か》り上《あ》げにされても、額《ひたい》の不思議《ふしぎ》な稲妻形《いなずまがた》の傷痕《きずあと》こそ隠《かく》しきれないものの、わずか一晩《ひとばん》で髪《かみ》が元通《もとどお》りに伸《の》びてしまいました。

あるときは動物園《どうぶつえん》に行《い》って、ブラジル原産《げんさん》の大《おお》ニシキヘビとおしゃべりし、その結果《けっか》、ヘビは自由《じゆう》を求《もと》めてスルスルと這《は》っていってしまいました。「ブラジルへ、俺《おれ》は行《い》く——シュシュシュ、ありがとよ。[*2]

＊1　二〇〇七年《ねん》七月《がつ》に第《だい》七巻《かん》の『ハリー・ポッターと死《し》の秘宝《ひほう》』が出版《しゅっぱん》され、完結《かんけつ》した。日本語版《にほんごばん》は翌年出版《よくとししゅっぱん》

＊2　『ハリー・ポッターと賢者《けんじゃ》の石《いし》』日本語版《にほんごばん》（静山社刊《せいざんしゃかん》）第《だい》二章《しょう》より

アミーゴ」と言《い》いながら。

この事件《じけん》に誰《だれ》よりも驚《おどろ》いたのはハリー自身《じしん》でしたが、すぐさまハリーのせいにされて、責《せ》められました。

バーノンおじさんにしてみれば、「まとも」じゃないことはすべてハリーのしわざですし、おじさんは「まとも」じゃないことはすべて憎《にく》んでいます。

●「まとも」でない少年《しょうねん》

ハリーが登場《とうじょう》する最初《さいしょ》の物語《ものがたり》、『ハリー・ポッターと賢者《けんじゃ》の石《いし》』は、この「まとも」ではないことに対《たい》するバーノンおじさんの嫌悪感《けんおかん》を非《ひ》常《じょう》に明白《めいはく》に描写《びょうしゃ》しています。

プリベット通《どお》り四番地《ばんち》の住人《じゅうにん》ダーズリー夫妻《ふさい》は、「おかげさまで、私《わたくし》どもはどこからみてもまともな人間《にんげん》です」というのが自慢《じまん》だった。不思議《ふしぎ》とか神秘《しんぴ》とかそんな非常識《ひじょうしき》はまるっきり認《みと》めない人種《じんしゅ》で、まか不思議《ふしぎ》な出来《でき》事《ごと》が彼《かれ》らの周辺《しゅうへん》で起《お》こるなんて、とうてい考《かんが》えられなかった。[*3]

まだ赤《あか》ん坊《ぼう》だったハリーが玄関先《げんかんさき》に置《お》き去《ざ》りにされているのを見《み》つけてからというもの、バーノンとペチュニアのダーズリー夫妻《ふさい》は否応《いやおう》

＊3　『ハリー・ポッターと賢者《けんじゃ》の石《いし》』日本語版《にほんごばん》（静山社刊《せいざんしゃかん》）冒頭部分《ぼうとうぶぶん》

なしに甥《おい》の世話《せわ》を強《し》いられることになりました。

赤《あか》ん坊《ぼう》のそばに置《お》かれた手紙《てがみ》には、ハリーの悲惨《ひさん》な身《み》の上《うえ》が説明《せつめい》してあったと思《おも》われます。

二人《ふたり》はとんでもないことだと驚愕《きょうがく》し、ハリーを階段下《かいだんした》の物置《ものおき》に入《い》れ、そこで暮《く》らさせ、ひどい仕打《しう》ちをしてきました。実子《じっし》の憎《にく》たらしいダドリーに対《たい》しては、救《すく》いようのない盲目的《もうもくてき》な熱愛《ねつあい》ぶりで、その扱《あつか》いの落差《らくさ》たるやひどいものでした。

一一年間《ねんかん》、ハリーは自分《じぶん》が特別《とくべつ》な存在《そんざい》であることにまったく気《き》づかずに育《そだ》ちました。「おまえの両親《りょうしん》は自動車事故《じどうしゃじこ》で死《し》んだ」とおじ、おばから聞《き》かされていました。

この二人《ふたり》は、ハリーいじめの手《て》を緩《ゆる》めることもなく、家族《かぞく》ぐるみのイベントや楽《たの》しみからはわざわざハリーを締《し》め出《だ》しました。

●ダーズリー夫妻《ふさい》の恐《おそ》れ

実《じつ》は、ダーズリー夫妻《ふさい》は、ハリーを心底恐《しんそこおそ》れていたのです。内心《ないしん》ではハリーが強力《きょうりょく》な魔法使《まほうつか》いであることを知《し》っていて、怖《こわ》がっていました。

ハリーが一緒《いっしょ》に暮《く》らすようになる前《まえ》も、ダーズリー夫人《ふじん》の実家《じっか》の真相《しんそう》には、必死《ひっし》で目《め》をつぶろうとしてきました。

ポッター家《け》と息子《むすこ》のハリーについて、たまたまダーズリー氏《し》が耳《みみ》にした会話《かいわ》に、どんな反応《はんのう》をしたかを見《み》ても、この問題《もんだい》がダーズリー氏《し》の頭《あたま》から離《はな》れることはめったになかったことが、わかります。

*4 ダーズリー氏《し》はハッと立《た》ち止《ど》まった。恐怖《きょうふ》が湧《わ》きあ

*4 『ハリー・ポッターと賢者《けんじゃ》の石《いし》』日本語版《にほんごばん》（静山社刊《せいざんしゃかん》）第《だい》一章《しょう》より

がってきた。いったんはヒソヒソ声《ごえ》のするほうを振《ふ》り返《かえ》って、何《なに》か言《い》おうかと思《おも》ったが、まてよ、と考《かんが》えなおした。

ダーズリー氏《し》は猛《もう》スピードで道《みち》を横切《よこぎ》り、オフィスにかけ戻《もど》るや否《いな》や、秘書《ひしょ》に「誰《だれ》も取《と》り継《つ》ぐな」と命令《めいれい》し、ドアをピシャッと閉《し》めて電話《でんわ》をひっつかみ、家《いえ》の番号《ばんごう》を回《まわ》しはじめた。しかし、ダイヤルし終《お》わらないうちに気《き》が変《か》わった。受話器《じゅわき》を置《お》き、口《くち》ひげをなでながら、ダーズリー氏《し》は考《かんが》えた。

――まさか、自分《じぶん》はなんて愚《おろ》かなんだ。ポッターなんて珍《めずら》しい名前《なまえ》じゃない。ハリーという名前《なまえ》の男《おとこ》の子《こ》がいるポッター家《け》なんて、山《やま》ほどあるに違《ちが》いない。

ハリーが一緒《いっしょ》に暮《く》らすようになると、真実《しんじつ》を偽《いつわ》り、隠《かく》し通《とお》す必要性《ひつようせい》はますます高《たか》まるばかりです。しかし、一日一日《いちにちいちにち》がたつにつれ、そのうちハリーが自分《じぶん》の本当《ほんとう》の姿《すがた》に気《き》づくか——少《すく》なくともそれを知《し》る手《て》がかりを得《え》るときが来《く》ると、ダーズリー夫妻《ふさい》にはわかっています。

ダーズリー一家《いっか》を軽蔑《けいべつ》せずにはいられませんが、この一家《いっか》がどんなに戦々恐々《せんせんきょうきょう》だったかは心《こころ》に留《と》めておくことが大事《だいじ》です。怖《こわ》がるあまり、この問題《もんだい》について夫婦《ふうふ》の間《あいだ》で冷静《れいせい》に話《はな》し合《あ》うことさえできなくなっていました。ハリーの両親《りょうしん》やハリーの過去《かこ》のこと、ハリーが何者《なにもの》なのか、などを口《くち》にすることは、まるで考《かんが》えてはならないことを考《かんが》えているとでもいうように。

●現実《げんじつ》のハリー

ハリーはこの夫妻《ふさい》にとって最悪《さいあく》の悪夢《あくむ》です。家族《かぞく》の恐《おそ》ろしい秘密《ひみつ》の生《い》きた証《あかし》なのですから。しかもその張本人《ちょうほんにん》が自分《じぶん》たちの家《いえ》にしっかりと住《す》みついているではありませんか。

そんなハリーのイメージと、現実《げんじつ》のハリーの姿《すがた》とを比《くら》べてみると、ダーズリー夫妻《ふさい》が哀《あわ》れむべき人々《ひとびと》に見《み》えてきます。皮肉《ひにく》なことに、自《じ》分《ぶん》たちの愚《おろ》かさと残酷《ざんこく》さのせいで、この一家《いっか》は「まともな」家庭生活《かていせいかつ》が送《おく》れなくなっているのです。

たしかにダドリーをねこ可愛《かわい》がりします。しかしこれは、息子《むすこ》が静《しず》かで満足《まんぞく》している状態《じょうたい》を保《たも》つためです。ダドリーのそんな状態《じょうたい》は決《けっ》して長続《ながつづ》きはしません。

おわかりのように、ハリーは天使《てんし》ではありません。普通《ふつう》の少年《しょうねん》らしく、いたずらもすれば、反抗《はんこう》もします。でも、ハリーは楽《たの》しい子《こ》なのです。ダーズリー夫妻《ふさい》はそんなハリーの一面《いちめん》にまったく気《き》づいていないようです。

ハリーの方《ほう》は、ひどい扱《あつか》いを受《う》けても、それが当《あ》たり前《まえ》なのだと思《おも》うようになっています。

ホグワーツ魔法魔術学校《まほうまじゅつがっこう》で一年間《ねんかん》を過《す》ごし、いい友人《ゆうじん》もでき、仲間《なかま》と楽《たの》しくやれるようになってはじめて、ダーズリー家《け》での生活《せいかつ》がどんなに惨《みじ》めだったかに気《き》づきます。

プリベット通《どお》りに戻《もど》った最初《さいしょ》の夏休《なつやす》みはどんなにか辛《つら》かったことでしょう。人生《じんせい》が楽《たの》しく、ワクワクするものだということを知《し》ってしまったあとですから。

自分宛《じぶんあて》の手紙《てがみ》が誰《だれ》かに途中《とちゅう》で奪《うば》われていることを知《し》らなかったハ

リーは、新《あたら》しい友人《ゆうじん》たちにもすっかり忘《わす》れ去《さ》られたと思《おも》い込《こ》んでしまいます。知《し》らなければそれですむものを、知《し》ってしまったことで、ハリーの辛《つら》さは格別《かくべつ》でした。

ホグワーツ*5が恋《こい》しくて、ハリーはまるで絶《た》え間《ま》なく胃《い》がシクシク痛《いた》むような気持《きもち》だった。

●ハリーに秘《ひ》められた能力《のうりょく》の謎《なぞ》

もちろんハリーの能力《のうりょく》を恐《おそ》れているのはダーズリー一家《いっか》だけではありません。

両親《りょうしん》が襲《おそ》われて亡《な》くなったとき、ハリーがどうやって助《たす》かったのか、まだはっきりとはわかりませんが、額《ひたい》にそれとわかる特徴的《とくちょうてき》な稲妻形《いなずまがた》の傷痕《きずあと》を残《のこ》してハリーはたしかに生《い》き残《のこ》りました。

ハリーを殺《ころ》し損《そこ》ねた殺人鬼《さつじんき》は弱《よわ》り果《は》て、恨《うら》みを抱《かか》えています。最《もっと》も恐《おそ》るべき敵《てき》です。

最高《さいこう》の魔法使《まほうつか》い、賢人《けんじん》アルバス・ダンブルドアでさえ、どうしてハリーが助《たす》かったのか、完全《かんぜん》にはわかっていません。ハリーの両親《りょうしん》、リリーとジェームズの戦慄的《せんりつてき》な死《し》について、マクゴナガル先生《せんせい》から質問《しつもん》されても、ダンブルドアはその理由《りゆう》を見《み》いだすことができません。

「*6噂《うわさ》では、［ヴォルデモートが］一人息子《ひとりむすこ》のハリーを

＊5　『ハリー・ポッターと秘密《ひみつ》の部屋《へや》』日本語版《にほんごばん》（静山社刊《せいざんしゃかん》）第一章《だいしょう》より
＊6　『ハリー・ポッターと賢者《けんじゃ》の石《いし》』日本語版《にほんごばん》（静山社刊《せいざんしゃかん》）第一章《だいしょう》より

殺《ころ》そうとしたとか。でも——失敗《しっぱい》した。その小《ちい》さな男《おとこ》の子《こ》を殺《ころ》すことはできなかった。なぜなのか、どうなったのかはわからないが、ハリー・ポッターを殺《ころ》しそこねた時《とき》、ヴォルデモートの力《ちから》が打《う》ち砕《くだ》かれた——だから彼《かれ》は消《き》えたのだと、そういう噂《うわさ》です」

ダンブルドアはむっつりとうなずいた。

「それじゃ……やはり本当《ほんとう》なのですか？」

マクゴナガル先生《せんせい》は口《くち》ごもった。

「あれほどのことをやっておきながら……あんなにたくさん人《ひと》を殺《ころ》したのに……小《ちい》さな子供《こども》を殺《ころ》しそこねたっていうんですか？　驚異《きょうい》ですわ……よりによって、彼《かれ》にとどめを刺《さ》したのは子供《こども》……それにしても、一体全体《いったいぜんたい》ハリーはどうやって生《い》き延《の》びたんでしょう？」
「想像《そうぞう》するしかないじゃろう。本当《ほんとう》のことはわからずじまいかもしれん」

ハリーはとてもかわいそうな身《み》の上《うえ》です。両親《りょうしん》を失《うしな》い、唯一《ゆいいつ》の身内《みうち》からはまったく愛《あい》されていないのです。生《う》まれてからの一一年間《ねんかん》というものほとんどやさしさを知《し》らずに育《そだ》ちました。

しかも、ハリーはすでに有名人《ゆうめいじん》なのです。マグルの世界《せかい》ではただの少年《しょうねん》ですが、もともと生《う》まれついた世界《せかい》、つまり平凡《へいぼん》なマグル界《かい》と共《きょう》存《ぞん》する魔法界《まほうかい》では、名高《なだか》い存在《そんざい》なのです。この世界《せかい》では、彼《かれ》はハリー・ポッター、すなわち「生《い》き残《のこ》った男《おとこ》の子《こ》！」なのです。

暗《くら》い場面《ばめん》も

J《ジエー》・K《ケー》・ローリングが最初《さいしょ》にハリー・ポッターの物語《ものがたり》を思《おも》いついた段階《だんかい》では、とくに子《こ》ども向《む》けの作品《さくひん》として意識《いしき》してはいませんでした。

だからこそ、その内容《ないよう》を単純《たんじゅん》にしようと努力《どりょく》することがまったくなかったのでしょう。筋書《すじが》きの複雑《ふくざつ》さ、紆余曲折《うよきょくせつ》、目《め》くらまし、コメディ、危険《きけん》や驚《おどろ》くべき特殊効果《とくしゅこうか》などの要素《ようそ》を盛《も》り込《こ》むことによって、物語《ものがたり》はますますワクワクするものになっています。

作者《さくしゃ》は最初《さいしょ》から、書《か》くのが楽《たの》しい作品《さくひん》になるだろうとわかっていましたし、それだからこそ読《よ》むのも楽《たの》しい物語《ものがたり》になっています。

最《もっと》も暗《くら》く、恐怖《きょうふ》に満《み》ちた場面《ばめん》でさえ例外《れいがい》ではありません。『ハリー・ポッターとアズカバンの囚人《しゅうじん》』で、ハリーが吸魂鬼《ディメンター》と最初《さいしょ》に出会《であ》うあのシーンを忘《わす》れる人《ひと》はまずいないでしょう。

　[*7]顔《かお》はすっぽりと頭巾《ずきん》で覆《おお》われている。ハリーは上《うえ》から下《した》へとその影《かげ》に目《め》を走《はし》らせた。そして、胃《い》が縮《ちぢ》むようなものを見《み》てしまった。マントから突《つ》き出《だ》している手《て》、それは灰白色《かいはくしょく》に冷《つめ》たく光《ひか》り、穢《けが》らわしいかさぶたに覆《おお》われ、水中《すいちゅう》で腐敗《ふはい》した死骸《しがい》のような手《て》……。

＊7　『ハリー・ポッターとアズカバンの囚人《しゅうじん》』日本語版《にほんごばん》（静山社刊《せいざんしゃかん》）第《だい》五章《しょう》より

第《だい》三巻《かん》を読《よ》み進《すす》むと、このおぞましい姿《すがた》に対《たい》するハリーの反応《はんのう》がなぜほかの人《ひと》より極端《きょくたん》なのかをハリーが知《し》るときが来《き》ます。

もうひとつの例《れい》として、[*8]「つぎはぎの、ボロボロで、とても汚《きたな》らしい、魔法使《まほうつか》いの三角帽子《さんかくぼうし》である「組分《くみわ》け帽子《ぼうし》」の決定《けってい》を、ハリーが待《ま》っているときの、あの緊迫《きんぱく》した雰囲気《ふんいき》はどうでしょう。ホグワーツの新入生《しんにゅうせい》と同《おな》じように、グリフィンドール、ハッフルパフ、レイブンクロー、あるいはあのいやなスリザリンのうちのどの寮《りょう》に入《はい》るのかを知《し》るために、ハリーも組分《くみわ》け帽子《ぼうし》をかぶらなければなりません。

[*9]「フーム」低《ひく》い声《こえ》がハリーの耳《みみ》の中《なか》で聞《き》こえた。

「むずかしい。非常《ひじょう》にむずかしい。ふむ、勇気《ゆうき》に満《み》ちている。頭《あたま》も悪《わる》くない。才能《さいのう》もある。おう、なんと、なるほど……自分《じぶん》の力《ちから》を試《ため》したいというすばらしい欲望《よくぼう》もある。いや、おもしろい……さて、どこに入《い》れたものかな？」

ハリーにとっては幸《さいわ》いなことに、「組分《くみわ》け帽子《ぼうし》」はグリフィンドールと決定《けってい》を下《くだ》しましたが、あわや、という場面《ばめん》があります。危うくスリザリンに入れられるところだったことを、ハリーは決《けっ》して忘《わす》れられません。ハリーを闇《やみ》の魔法《まほう》と結《むす》びつけている何《なに》かがあるのは、まちがいないようです。

＊8　『ハリー・ポッターと賢者《けんじゃ》の石《いし》』日本語版《にほんごばん》（静山社刊《せいざんしゃかん》）第《だい》七章《しょう》より

＊9　『ハリー・ポッターと賢者《けんじゃ》の石《いし》』日本語版《にほんごばん》（静山社刊《せいざんしゃかん》）第《だい》七章《しょう》より

それは、ハリーにぴったりの杖《つえ》がようやく見《み》つかったときにも、はっきりと打《う》ち出《だ》されています。「めったにない組《く》み合《あ》わせ――柊《ひいらぎ》と不死鳥《ふしちょう》の羽根《はね》、二八センチ、良質《りょうしつ》でしなやか」何《なに》やら気味《きみ》の悪《わる》い売《う》り手《て》の老紳士《ろうしんし》がぞっとするような偶然《ぐうぜん》をハリーに教《おし》えてくれます。

[*10]オリバンダー老人《ろうじん》は淡《あわ》い色《いろ》の目《め》でハリーをジッと見《み》た。
「ポッターさん。わしは自分《じぶん》の売《う》った杖《つえ》はすべて覚《おぼ》えておる。全部《ぜんぶ》じゃ。あなたの杖《つえ》に入《はい》っている不死鳥《ふしちょう》の羽根《はね》はな、同《おな》じ不死鳥《ふしちょう》が尾羽根《おばね》をもう一枚《まい》だけ提供《ていきょう》した……たった一枚《まい》だけじゃが。あなたがこの杖《つえ》を持《も》つ運命《うんめい》にあったとは、不思議《ふしぎ》なことじゃ。兄弟羽根《きょうだいばね》が……なんと、兄弟杖《きょうだいづえ》がその傷《きず》を負《お》わせたというのに……」

ハリーの友《とも》だちと他《た》の登場人物《とうじょうじんぶつ》

ハリー、ロン、ハーマイオニーの友情《ゆうじょう》は、ハリー・ポッターシリーズにおいてとても重要《じゅうよう》なものです。

最初《さいしょ》のころ二人《ふたり》の少年《しょうねん》は、ハーマイオニーが、でしゃばりでホグワーツでの生活《せいかつ》の中《なか》でも勉強《べんきょう》だけに夢中《むちゅう》になっているガリ勉《べん》だと思《おも》って、この少女《しょうじょ》にあまりやさしくしません。

やがて、ハーマイオニーは冒険《ぼうけん》に加《くわ》わってもらう値打《ねう》ちが、十分《じゅうぶん》に

＊10 『ハリー・ポッターと賢者《けんじゃ》の石《いし》』日本語版《にほんごばん》（静山社刊《せいざんしゃかん》）第《だい》五章《しょう》より

ある仲間《なかま》だということに気《き》がつきます。ハーマイオニーが賢《かしこ》いからだけではなく、非常《ひじょう》に勇敢《ゆうかん》な少女《しょうじょ》だからです。

この三人《にん》は魔力《まりょく》を持《も》ってはいますが、三人《にん》の友情《ゆうじょう》は普通《ふつう》の少年少女《しょうねんしょうじょ》の友情《ゆうじょう》となんら変《か》わりありません。口《くち》げんかをしたり、互《たが》いにからかったりしますが、究極《きゅうきょく》のところで互《たが》いに頼《たよ》り合《あ》えることを知《し》っています。

自分《じぶん》が最《もっと》も恐《おそ》れているものと対決《たいけつ》するという、恐《おそ》ろしくもワクワクする授業《じゅぎょう》で、生徒《せいと》は「まね妖怪《ボガート》」に怖《こわ》いものの姿《すがた》をまねさせ、その姿《すがた》を笑《わら》い飛《と》ばすやり方《かた》を学《まな》びますが、そのあとで、ハーマイオニーは担《たん》任《にん》の先生《せんせい》とその授業《じゅぎょう》がよかったとはっきり言《い》っています。

「だけど、[*11]私《わたし》もまね妖怪《ボガート》に当《あ》たりたかったわ――」

「君《きみ》ならなんになったのかなぁ？」ロンがからかうように笑《わら》った。

「成績《せいせき》かな。十点満点《てんまんてん》で九点《てん》しか取《と》れなかった宿題《しゅくだい》とか？」

●ユニークな教授陣《きょうじゅじん》

ホグワーツには個性豊《こせいゆた》かでおもしろい教授陣《きょうじゅじん》がそろっています。ハリー・ポッターが特別《とくべつ》な存在《そんざい》だということは、みなよくわかっていながらも、反応《はんのう》はさまざまです。

＊11　『ハリー・ポッターとアズカバンの囚人《しゅうじん》』日本語版《にほんごばん》（静山社刊《せいざんしゃかん》）第《だい》七章《しょう》より

校長《こうちょう》のアルバス・ダンブルドア先生《せんせい》と副校長《ふくこうちょう》のミネルバ・マクゴナガル教授《きょうじゅ》は、ハリーをなるべく公平《こうへい》に扱《あつか》うよう心《こころ》がけています。ハリーが必《かなら》ずしも賢明《けんめい》とはいえないような行動《こうどう》をとったときも、善意《ぜんい》からそういう行動《こうどう》に出《で》たのだとハリーを信《しん》じて、本来罰《ほんらいばっ》せられるべきところを時《とき》には許《ゆる》したりします。逆《ぎゃく》にスネイプは、ハリーを嫌悪《けんお》していますから、できるだけハリーを傷《いた》めつけ、人気《にんき》を損《そこ》なうよう仕向《しむ》けます。

特別《とくべつ》な存在《そんざい》の魔法使《まほうつか》いの少年《しょうねん》ハリーに対《たい》して、教師《きょうし》がどういう立場《たちば》にあるのかがはっきりわからないこともあります。

ルーピンという「闇《やみ》の魔術《まじゅつ》に対《たい》する防衛術《ぼうえいじゅつ》」の先生《せんせい》は、ホグワーツ特急《とっきゅう》の中《なか》でぐっすり眠《ねむ》り込《こ》んでいる妖《あや》しげな人物《じんぶつ》としてまず登場《とうじょう》します。ハリーやその仲間《なかま》たちにとって、敵《てき》なのか味方《みかた》なのか、なんの手《て》がかりもありません。物語《ものがたり》が展開《てんかい》し、著者《ちょしゃ》が徐々《じょじょ》にルーピンの姿《すがた》を明《あき》らかにするにつれ、ルーピンが決《けっ》して単純《たんじゅん》な人物《じんぶつ》ではないことや、彼《かれ》自身《じしん》が何《なに》かと闘《たたか》っていることも、わかってきます。

●ハリーの味方《みかた》、ハグリッド

髪《かみ》もボウボウ、髭《ひげ》モジャの大男《おおおとこ》ハグリッドは、魔力《まりょく》を悪用《あくよう》したかどで、学生《がくせい》のときにホグワーツから退学《たいがく》になっていますが、ハリーにとっては大切《たいせつ》な味方《みかた》です。頭脳明晰《ずのうめいせき》とは言《い》いがたいのですが、忠実《ちゅうじつ》な人《ひと》です。

ハリーやロン、ハーマイオニーは、たとえハグリッドに罪《つみ》があることを示《しめ》す強力《きょうりょく》な証拠《しょうこ》があっても、ハグリッドに対《たい》して忠実《ちゅうじつ》ですし、それに応《こた》えて、ハグリッドも三人《にん》に対《たい》しこの上《うえ》なく忠実《ちゅうじつ》です。

また、ハグリッドはこの物語《ものがたり》を大《おお》いにコメディ調《ちょう》にしています。問《もん》題《だい》ありのペットをやたらと好《この》む性質《せいしつ》、時折酒《ときおりさけ》に飲《の》まれてしまう癖《くせ》。これはハーマイオニーに厳《きび》しく非難《ひなん》されますが……。それに加《くわ》え、独特《どくとく》の訛《なま》りがあります。興奮《こうふん》すると訛《なま》りがひどくなります。たとえば、ダーズリー夫妻《ふさい》がハリーの両親《りょうしん》のことや、どのようにして亡《な》くなったかなどをハリーに話《はな》していないと知《し》ったときなどです。

●名前《なまえ》を言《い》ってはいけないあの人《ひと》

ハグリッドは自分《じぶん》がハリーの両親《りょうしん》についてのむごい事実《じじつ》を打《う》ち明《あ》けなければならないと気《き》づきます。

*12「事《こと》の起《お》こりは、ある人《ひと》からだと言《い》える。名前《なまえ》は……こ

りゃいかん。おまえはその名《な》を知《し》らん。我々《われわれ》の世界《せかい》じゃ
みんな知《し》っとるのに……」
「誰《だれ》なの？」
「さて……できれば名前《なまえ》を口《くち》にしたくないもんだ。誰《だれ》も
がそうなんじゃが」
「どうしてなの？」
「どうもこうも、ハリーや。みんな、未《いま》だに恐《おそ》れとるん
だよ。いやはや、こりゃ困《こま》った。いいかな、ある魔法使《まほうつか》
いがおってな、悪《あく》の道《みち》に走《はし》ってしまったわけだ……悪《あく》も

＊12 『ハリー・ポッターと賢者《けんじゃ》の石《いし》』日本語版《にほんごばん》（静山社刊《せいざんしゃかん》）第四章《だいしょう》より

悪《あく》、とことん悪《あく》、悪《あく》よりも悪《あく》とな。その名《な》は……」

そしてドビー[*13]が登場《とうじょう》します。かぎりなく自分《じぶん》を咎《とが》めてばかりいる「屋敷《やしき》しもべ妖精《ようせい》」[*14]で、二学年目《がくねんめ》の始《はじ》まる前《まえ》、ホグワーツに戻《もど》ろうとするハリーを止《と》めようと必死《ひっし》に説得《せっとく》します。常《つね》に自分《じぶん》のことを名前《なまえ》で呼《よ》び、ハリーのことは、**本人《ほんにん》に向《む》かって、フルネームで呼《よ》びます。**

「あぁ」[*15]ドビーは着《き》ている汚《きたな》らしい枕《まくら》カバーの端《はし》っこを顔《かお》に押《お》し当《あ》てて涙《なみだ》を拭《ぬぐ》い、感嘆《かんたん》の声《こえ》をあげた。

「ハリー・ポッターは勇猛果敢《ゆうもうかかん》！　もう何度《なんど》も危機《きき》を切《き》り抜《ぬ》けていらっしゃった！　でも、ドビーめはハリー・ポッターをお護《まも》りするために参《まい》りました。警告《けいこく》しに参《まい》りました。あとでオーブンの蓋《ふた》で耳《みみ》をバッチンとしなくてはなりませんが、それでも……。ハリー・ポッターはホグワーツに戻《もど》ってはなりません」

J《ジェー》・K《ケー》・ローリングが操《あやつ》る登場人物《とうじょうじんぶつ》たちの幅《はば》の広《ひろ》さには驚《おどろ》かされます。

また、このシリーズの成功《せいこう》がよい証拠《しょうこ》ですが、物語《ものがたり》にしっかり心《こころ》を捕《とら》える魅力《みりょく》があれば、子《こ》どもも、複雑《ふくざつ》な筋立《すじだ》てや設定《せってい》を大《おお》いに楽《たの》しむ

＊13 『ハリー・ポッターと秘密《ひみつ》の部屋《へや》』に登場《とうじょう》する「屋敷《やしき》しもべ妖精《ようせい》」の名前《なまえ》

＊14 魔法使《まほうつか》いのひとつの屋敷《やしき》、ひとつの家族《かぞく》に一生仕《いっしょうつか》える運命《うんめい》を持《も》つ妖精《ようせい》

＊15 『ハリー・ポッターと秘密《ひみつ》の部屋《へや》』日本語版《にほんごばん》（静山社刊《せいざんしゃかん》）第《だい》二章《しょう》より

ことができるのです。子《こ》どもは手応《てごた》えのある本《ほん》が大好《だいす》きなのです。

英国《えいこく》でハリー・ポッターシリーズを出版《しゅっぱん》しているブルームズベリーは、本《ほん》シリーズの大人版《おとなばん》も出《だ》しています。読者《どくしゃ》の親《おや》が、何《なに》が自分《じぶん》の子《こ》どもたちをこんなにも夢中《むちゅう》にさせているのかを知《し》りたがって、子《こ》どもと同《おな》じ本《ほん》を読《よ》んでいることに気《き》づいたからです。

いわゆる「児童書《じどうしょ》」がこんなに面白《おもしろ》いことに驚《おどろ》いたのかもしれませんが、親《おや》が自分《じぶん》の友人《ゆうじん》にも勧《すす》めるようになりました。

しかし、大人版《おとなばん》も中身《なかみ》はまったく同《おな》じで、違《ちが》うのは本《ほん》の装丁《そうてい》だけです。表紙画《ひょうしが》と裏表紙《うらびょうし》に書《か》いてある内容《ないよう》が異《こと》なるだけです。

魔法《まほう》のスポーツと魔法《まほう》の本《ほん》

学生時代《がくせいじだい》、ホッケーが嫌《きら》いだったからこそ、J《ジェー》・K《ケー》・ローリングは「クィディッチ」という爽快《そうかい》なスポーツを発明《はつめい》したのかもしれません。これまでの三巻《かん》では、このスポーツが物語《ものがたり》の中《なか》で重要《じゅうよう》な役割《やくわり》を果《は》たしています。

ハリーはとても小柄《こがら》でメガネをかけていますから、スポーツ・ヒーローのタイプからはほど遠《とお》い感《かん》じです。しかし、頭《あたま》の回転《かいてん》の速《はや》さと敏捷《びんしょう》さに加《くわ》えて、クィディッチ用《よう》の箒《ほうき》の魔力《まりょく》が加《くわ》わり、寮杯《りょうはい》を目指《めざ》しての果《は》てしない競《たたか》いでグリフィンドール寮《りょう》の秘密兵器《ひみつへいき》となります。どのクィディッチ戦《せん》も、必《かなら》ず何《なに》かほかの要素《ようそ》が絡《から》んできます。勝負《しょうぶ》を決《けつ》すべきほかの何《なに》か……最終的《さいしゅうてき》には試合《しあい》の得点以外《とくてんいがい》のものが必《かなら》ず何《なに》か懸《か》かっています。

本《ほん》や読書《どくしょ》に対《たい》するJ《ジェー》・K《ケー》・ローリングの情熱《じょうねつ》は、作品《さくひん》に現《あらわ》れるさまざまな書物《しょもつ》のタイトルからも明《あき》らかです。ハグリッドは[*16]**「噛《か》みつく本《ほん》」**をハリーに送《おく》りました。ハリーがベルトで無理《むり》やり締《し》めつけてやっと押《お》さえつけた本《ほん》です。[*17]トム・リドルの魔法《まほう》の日記帳《にっきちょう》は『ハリー・ポッターと秘密《ひみつ》の部屋《へや》』で物語《ものがたり》の中心《ちゅうしん》となるミステリーの重要《じゅうよう》な役割《やくわり》を果《は》たします。

ホグワーツの新入生《しんにゅうせい》の教科書《きょうかしょ》リストにも興味《きょうみ》をそそる題名《だいめい》が並《なら》んでいます。アドルバート・ワフリング著《ちょ》**『魔法論《まほうろん》』**、アージニウス・ジガー著《ちょ》**『魔法薬調合法《まほうやくちょうごうほう》』**などです。

また、**『グールお化《ば》けとのクールな散策《さんさく》』**や**『トロールとのとろい**

旅《たび》』などの「不滅《ふめつ》の名著《めいちょ》」を残《のこ》した、あの恥知《はじし》らずで自己顕示欲《じこけんじよく》の塊《かたまり》のようなベストセラー作家《さっか》、ギルデロイ・ロックハートがいます。**『私《わたし》はマジックだ』**といかにもそれらしい題《だい》のロックハート自伝《じでん》も忘《わす》れてはなりません。ハリーとロンによってロックハートの無能《むのう》さが暴《あば》かれてはじめて、ロックハートの著作《ちょさく》についての真実《しんじつ》が明《あき》らかになります。

＊16 『ハリー・ポッターとアズカバンの囚人《しゅうじん》』に登場《とうじょう》する「魔法生物飼育学《まほうせいぶつしいくがく》」の教科書《きょうかしょ》『怪物的《かいぶつてき》な怪物《かいぶつ》の本《ほん》』日本語版《にほんごばん》（静山社刊《せいざんしゃかん》）第四章《だいしょう》より

＊17 『ハリー・ポッターと秘密《ひみつ》の部屋《へや》』に登場《とうじょう》。五〇年前《ねんまえ》の出来事《できごと》について日記《にっき》に残《のこ》していた

「[*18]それじゃ、先生《せんせい》は、他《ほか》のたくさんの人たちのやった仕《し》事《ごと》を、自分《じぶん》の手柄《てがら》になさったんですか？」ハリーはとても信《しん》じる気《き》になれなかった。

「ハリーよ、ハリー」

ロックハートはじれったそうに首《くび》を振《ふ》った。

「そんな単純《たんじゅん》なものではない。仕事《しごと》はしましたよ。まずそういう人たちを探《さが》し出《だ》す。どうやって仕事《しごと》をやり遂《と》げたのかを聞《き》き出《だ》す。それから『忘却術《ぼうきゃくじゅつ》』をかける。するとその人《ひと》たちは自分《じぶん》がやった仕事《しごと》のことを忘《わす》れる。私《わたし》が自慢《じまん》できるものがあるとすれば『忘却術《ぼうきゃくじゅつ》』ですね」

それから間もなく、ハリーは機転《きてん》をきかせてスネイプに教《おそ》わった呪《じゅ》文《もん》を使《つか》い、ロックハートの忘却術《ぼうきゃくじゅつ》を防《ふせ》ぎます。ロックハートは名声《めいせい》も粉々《こなごな》にくだかれ、くずおれるように床《ゆか》の上《うえ》に倒《たお》れ込《こ》みます。

熱心《ねっしん》な読者《どくしゃ》

J《ジェー》・K《ケー》・ローリングには、ハリー・ポッターシリーズの続巻《ぞくかん》を読者《どくしゃ》に定期的《ていきてき》に提供《ていきょう》しなければならないという重《おも》い責任《せきにん》があります。

ローリングがこれまでに達成《たっせい》した文学的偉業《ぶんがくてきいぎょう》は言《い》うまでもありませんが、三巻《かん》までで高《たか》い水準《すいじゅん》を作《つく》ってしまったばかりに、今後《こんご》このレベ

＊18 『ハリー・ポッターと秘密《ひみつ》の部屋《へや》』日本語版《にほんごばん》（静山社刊《せいざんしゃかん》）第《だい》一六章《しょう》より

ルを維持《いじ》することが、作者《さくしゃ》にとって一段《いちだん》と難《むずか》しい挑戦《ちょうせん》となっています。私《わたし》たち読者《どくしゃ》はそのことを忘《わす》れてはなりません。

読者《どくしゃ》としては、こんな魅力的《みりょくてき》なシリーズの続編《ぞくへん》をじっと待《ま》つのはとても辛《つら》いことです。でも、どうせ待《ま》たなければならないならば、これまでの三巻《かん》を読《よ》み返《かえ》すという手《て》があります。いくらでも楽《たの》しめる要素《ようそ》が入《はい》っているのですから。

一九九九年《ねん》のエジンバラ国際《こくさい》ブック・フェスティバルにJ《ジェー》・K《ケー》・ローリングが登場《とうじょう》し、その際《さい》、サインを求《もと》めて差《さ》し出《だ》された本《ほん》の中《なか》には、何度《なんど》も読《よ》み返《かえ》され、ボロボロになった本《ほん》がたくさんありました。

また、観客《かんきゃく》からの質問《しつもん》も、驚《おどろ》くほど本《ほん》に精通《せいつう》していて、感銘《かんめい》させられる内容《ないよう》でした。ローリングは読者《どくしゃ》から内容《ないよう》の濃《こ》い質問《しつもん》を受《う》けることになりました。ローリングはそういう質問《しつもん》が大好《だいす》きなのです。

しかし、尊大《そんだい》なロックハートが言《い》うように、「本《ほん》にサインをしたり、広告写真《こうこくしゃしん》を撮《と》ったりすればすむわけではないんですよ。有名《ゆうめい》になりたければ、倦《う》まず弛《たゆ》まず、長《なが》く辛《つら》い道《みち》のりを歩《あゆ》む覚悟《かくご》が要《い》る」[*19]のです。

二〇〇〇年《ねん》五月《がつ》　リンゼイ・フレーザー

*19 『ハリー・ポッターと秘密《ひみつ》の部屋《へや》』日本語版《にほんごばん》（静山社刊《せいざんしゃかん》）第《だい》一六章《しょう》より

J.K. ローリング 作

不朽の人気を誇る「ハリー・ポッター」シリーズの著者。1990年、旅の途中の遅延した列車の中で「ハリー・ポッター」のアイデアを思いつくと、全7冊のシリーズを構想して執筆を開始。1997 年に第1巻『ハリー・ポッターと賢者の石』が出版、その後、完結までにはさらに10年を費やし、2007年に第7巻となる『ハリー・ポッターと死の秘宝』が出版された。シリーズは現在85の言語に翻訳され、発行部数は6億部を突破、オーディオブックの累計再生時間は10億時間以上、制作された8本の映画も大ヒットとなった。また、シリーズに付随して、チャリティのための短編『クィディッチ今昔』と『幻の動物とその生息地』(ともに慈善団体〈コミック・リリーフ〉と〈ルーモス〉を支援)、『吟遊詩人ビードルの物語』(〈ルーモス〉を支援)も執筆。『幻の動物とその生息地』は魔法動物学者ニュート・スキャマンダーを主人公とした映画「ファンタスティック・ビースト」シリーズが生まれるきっかけとなった。大人になったハリーの物語は舞台劇『ハリー・ポッターと呪いの子』へと続き、ジョン・ティファニー、ジャック・ソーンとともに執筆した脚本も、書籍化された。その他の児童書に『イッカボッグ』(2020年)『クリスマス・ピッグ』(2021年)があるほか、ロバート・ガルブレイスのペンネームで発表し、ベストセラーとなった大人向け犯罪小説「コーモラン・ストライク」シリーズも含め、その執筆活動に対し多くの賞や勲章を授与されている。J.K. ローリングは、慈善信託〈ボラント〉を通じて多くの人道的活動を支援するほか、性的暴行を受けた女性の支援センター〈ベイラズ・プレイス〉、子供向け慈善団体〈ルーモス〉の創設者でもある。

J.K. ローリングに関するさらに詳しい情報はjkrowlingstories.comで。

松岡佑子《まつおかゆうこ》 訳

翻訳家。国際基督教大学卒、モントレー国際大学院大学国際政治学修士。日本ペンクラブ会員。スイス在住。訳書に「ハリー・ポッター」シリーズ全7巻のほか、「少年冒険家トム」シリーズ、映画オリジナル脚本版「ファンタスティック・ビースト」シリーズ、『ブーツをはいたキティのはなし』『とても良い人生のために』『イッカボッグ』『クリスマス・ピッグ』(以上静山社)がある。

静山社ペガサス文庫

ハリー・ポッター 24

ハリー・ポッターと裏話《うらばなし》

2018年2月14日　第 1 刷発行
2024年9月24日　第 4 刷発行

作者　J.K.ローリング+L.フレイザー
訳者　松岡佑子
発行者　松岡佑子
発行所　株式会社静山社
〒102-0073 東京都千代田区九段北1-15-15
電話・営業 03-5210-7221
https://www.sayzansha.com
装画　ダン・シュレシンジャー
装丁　城所 潤(ジュン・キドコロ・デザイン)
印刷・製本　中央精版印刷株式会社

本書の無断複写複製は著作権法により例外を除き禁じられています。
また、私的使用以外のいかなる電子的複写複製も認められておりません。
落丁・乱丁の場合はお取り替えいたします。
© Yuko Matsuoka 2018
ISBN 978-4-86389-405-1　Printed in Japan
Published by Say-zan-sha Publications Ltd.

「静山社《せいざんしゃ》ペガサス文庫《ぶんこ》」創刊《そうかん》のことば

小《ちい》さくてもきらりと光《ひか》る、星《ほし》のような物語《ものがたり》を届《とど》けたい——一九七九年《ねん》の創業以来《そうぎょういらい》、静山社《せいざんしゃ》が抱《いだ》き続《つづ》けてきた願《ねが》いをこめて、少年少女《しょうねんしょうじょ》のための文庫《ぶんこ》「静山社《せいざんしゃ》ペガサス文庫《ぶんこ》」を創刊《そうかん》します。

読書《どくしょ》は、みなさんの心《こころ》に眠《ねむ》っている想像《そうぞう》の羽《はね》を広《ひろ》げ、未知《みち》の世界《せかい》へいざないます。読書体験《どくしょたいけん》をとおしてつちかわれた想像力《そうぞうりょく》は、楽《たの》しいとき、苦《くる》しいとき、悲《かな》しいとき、どんなときにも、みなさんに勇気《ゆうき》を与《あた》えてくれるでしょう。

ギリシャ神話《しんわ》に登場《とうじょう》する天馬《てんま》・ペガサスのように、大《おお》きなつばさとたくましい足《あし》、しなやかな心《こころ》で、みなさんが物語《ものがたり》の世界《せかい》を、自由《じゆう》にかけまわってくださることを願《ねが》っています。

二〇一四年《ねん》

静《せい》山《ざん》社《しゃ》